KB251270

나의 무수한 선택이
너를 만났다

나의 무수한 선택이 너를 만났다

발행일	2026년 5월 7일

지은이	오진범
펴낸이	손형국
펴낸곳	(주)북랩

출판등록	2004. 12. 1(제2012-000051호)
주소	서울특별시 금천구 가산디지털 1로 168, 우림라이온스밸리 B동 B111호, B113~115호
홈페이지	www.book.co.kr
전화번호	(02)2026-5777	팩스	(02)3159-9637

ISBN	979-11-7598-255-0 03810 (종이책)	979-11-7598-256-7 05810 (전자책)

작가 연락처 문의 ▸ ask.book.co.kr

전용 게시판에 문의를 남기시면 저자에게 직접 전달됩니다.

(주)북랩 성공출판의 파트너

북랩 홈페이지와 SNS에서 다양한 출판 솔루션을 만나 보세요!

홈페이지 book.co.kr • **블로그** blog.naver.com/essaybook • **출판문의** text@book.co.kr

카톡채널 북랩

나의 무수한 선택이 너를 만났다

오진범 에세이

하루의 선택들,
이어진 시간들,
그 길 위에 남겨진 한 사람의 이야기

우연처럼 보였던 순간들은 결국 선택의 결과였다!

북랩

추천사

〜

이 책은 '잘 살았는지'를 묻기보다, 어떻게 여기까지 살아왔는지를 조용히 돌아보게 만든다. 무심코 지나온 선택들의 끝에서, 우리가 왜 그 사람을 만나게 되었는지 생각하게 해 준다. 천천히, 가볍게 읽기를 권한다. 읽다 보면 문득 떠오르는 사람이 있을 테니까. 이 책을 통해 친구에게 위로받았던 고마움을 전하고 싶다.

– 160만 구독자의 유튜버, '동네놈들' 최부기

그저 웃긴 동생인 줄만 알았는데, 이렇게 진지한 면이 있었다니….
읽는 내내 나 역시 지난 선택들을 자연스럽게 떠올리게 만들었다.
결국, 우리가 만난 이유도, 결국 그의 지난 선택이었다.

– 개그맨 류정남

대학 시절, 그의 개그는 늘 사람들을 웃게 했다. 그의 청춘을 조금은 알고 있기에 더 재미있게 읽었다. 평범한 순간들이 모여 한 사람의 이야기가 되는 과정을 담담하게 보여 주는 책이다. 이제는 개그가 아니라 글로 웃기는 그의 새로운 시작을 응원한다.

– 개그맨 김윤호

프롤로그

우리는 하루하루 수많은 선택을 하며 살아갑니다. 확신하며 걸어온 길도 있었고, 망설이며 서성였던 길도 있었습니다. 아마 누구나 그렇게 살아가고 있을 것입니다. 어쩌면 인생이란 거창한 결단보다 작은 선택들이 모여 이루어진 흐름일지도 모릅니다. 그래서일까요. 돌이켜 보면 평범했던 하루하루 속에도 수많은 선택이 숨어 있었다는 사실을 이제야 깨닫게 됩니다. 그때의 사소한 결정들이 쌓여 오늘의 나를, 지금의 우리를 만들었습니다. 우리가 걸어온 길을 돌아보면 문득 이런 생각이 들 때가 있습니다. '그때 왜 그 길을 택했을까.' 그리고는 그 길을 선택하지 않았다면 지금의 나는 존재하지 않았을 것이라고 조용히 되뇌어 봅니다.

그러나 결국 말하고 싶은 것은 단 하나입니다. 수많은 갈림길 앞에서 어떤 선택을 했든, 그 모든 선택이 모여 지금의 당신을 만들었다는 사실입니다. 그렇기에 당신의 걸음은 단 한 번도 헛되지 않았

습니다. 누군가는 말할지도 모릅니다. 고작 9급 공무원 출신이 무슨 거창한 이야기를 하느냐고. 저 역시 그런 생각에 몇 번이고 이 글을 멈추려 했습니다. 그래서 이 문장들을 꺼내는 일이, 솔직히 조금은 부끄럽기도 합니다. 그럼에도 불구하고, 계속 쓰고 싶었습니다. 그렇게 한 줄, 한 줄 이어 가다 보니 어느새 한 권의 책이 되었습니다.

이 이야기가 특별해서가 아니라, 평범한 삶 또한 충분히 기록될 가치가 있다는 것을 스스로에게 증명해 보고 싶었습니다. 이 책을, 이제는 '청년'이라 부르기엔 조금 쑥스럽지만, 여전히 마음만은 청춘으로 살아가는 사람들 그리고 지금 이 순간에도 인생의 갈림길 앞에서 조용히 고민하고 있을 모든 이들에게 바칩니다.

차례

Chapter 2.

조금씩 커 가는 마음: 웃음과 눈물 사이

Chapter 3.

선택과 실수의 기록: 청춘의 거리에서

Chapter 4.
40대의 문턱에서: 지금, 그리고 앞으로

Chapter 1.

첫 기억의 조각들
: 온 동네가 나를 키우다

엄마의 빈자리
그리고 기억

누구나 그렇듯 어린 시절의 삶은 자신의 선택보다는 부모님의 삶과 결정에 따라 흘러가기 마련이다. 지금의 내가 이러한 모습으로 성장하기까지는 어린 시절 부모님에 대한 기억과 감정이 큰 영향을 미쳤을 것이다. 지금의 나를 만든 어린 시절을 떠올려 보면, 그 시작에는 엄마가 있다.

나의 엄마는 내가 일곱 살 되던 해, 지금의 내 나이보다도 젊은, 서른네 살의 나이에 세상을 떠나셨다. 기억은 잘 나지 않지만, 이 책의 첫 장면에는 꼭 엄마와의 기억을 담고 싶었다. 그 이름을 떠올리는 일은 곧 나의 시작을 돌아보는 일이기 때문이다. 엄마는 아버지처럼 문학적 감수성이 풍부했고, 책 읽기를 즐기셨다고 한다. 주변 사람들의 말에 따르면, 그 따뜻하고 감성적인 기질을 내가 닮았다고 한다. 그래서일까. 짧은 시간이었지만 엄마의 온기와 성품은 내 안에 여전히 살아 숨 쉬고 있는 듯하다. 엄마와의 추억을 찾기 위해 고향 집을 찾아 아버지와 함께 오래 묵은 책을 펼치듯 마음속 깊은 기억을 꺼냈다. 사진을 보고 이야기를 나누면서 비로소 엄마와의 순간들이 조금 더 살아나듯 떠올랐다. 안타깝게도 엄마와의 기억은 많지 않다. 하지만 다행히도 나쁜 기억은 하나도 없고, 좋은 기억들만 희미한 잔상처럼 마음속에 머물러 있다.

가만히 떠올려 보면, 제일 먼저 과수원에서 아버지와 함께 일하시던 엄마의 모습이 떠오른다. 일을 하다 말고 잠자리를 잡아 주시던 장면과 도깨비풀이 옷에 엉켜 꼼짝 못 하고 있을 때, 말없이 하나하나 풀어 주시던 엄마의 따뜻한 손길은 어린 나에게 큰 위안이 되었다. 그리고 가족과 함께 롯데월드에 갔던 날, 긴 줄을 서서 기다렸지만 결국 놀이기구 하나만 타고 나와야 했던 아쉬움, 초등학생이던 누나의 소풍에 따라가고 싶었지만 나만 남겨졌던 서운함도 느껴진다. 아직도 떠오르는 아찔한 기억이 있다. 겨울이면 옆집 아주머니들이 모여 화투를 치곤 했는데, 내가 장난삼아 10원짜리 동전을 입에 물었다가 삼켜 버린 것이다. 놀란 아주머니들이 나를 거꾸로 들고 등을 세게 두드리며 동전을 빼내느라 한바탕 소동이 벌어졌다. 지금 돌아보면 웃음이 나지만 그때의 두려움, 엄마의 놀란 표정, 주위 어른들의 손길은 어린 마음속에 깊이 새겨져 있다. 하지만 장성한 지금, 그 감정들을 다시 떠올려 보면 그마저도 아련하고 행복한 기억으로 남아 있다. 왜 그럴까.

내 나이 여섯 살 무렵, 엄마가 본격적으로 아프시던 시절의 기억이 있다. 대구에서 엄마가 머물던 방의 모습이 희미하게 떠오르는데, 그중 가장 또렷한 장면은 부드러운 엄마의 손길로 내 옷을 쓰다듬고, 이어 내 머리를 살며시 어루만져 주시던 순간이다. 단순히 옷을 만지고 머리를 쓰다듬는 행위처럼 보였지만, 그 안에는 온기와 사랑이 담겨 있었다. 그 감촉은 다른 어떤 기억보다 선명하며, 시간이 흘러도 쉽게 사라지지 않을 것 같다. 아버지와 함께한 결혼 생활은 9년 남짓. 사랑으로 가득했지만 너무나 짧은 시간이었다.

엄마가 돌아가시던 날의 기억은 어렴풋이 떠오른다. 그날 누나와 나는 옆 동네 교회에 있었고, 갑작스럽게 "어서 오라"는 전화를 받았다. 급히 뛰어가 도착한 장례식장에는 안개가 자욱했다. 누나는 서럽게 울었지만, 나는 그때 상황을 제대로 이해하지 못했다. 친척들은 어린 남매를 끌어안고 함께 울었고, 동네 사람들도 안타까운 눈빛으로 우리를 바라보았다. 그러나 그 시선의 무게는 결국 할머니와 아버지가 말없이 감당해 주셨다. 할머니는 우리를 품에 안아 정성껏 길러 주셨고, 아버지는 농사일을 혼자 도맡으신 뒤에도 밤이면 지친 기색 하나 없이 남매의 공부를 챙겨 주셨다. 무엇보다, 엄마의 빈자리를 깊이 느꼈을 누나는 어린 나이에 할머니를 도우며 일찍 철이 들어 버렸다. 어른들의 슬픔을 대신 짊어진 채 조용히 동생 곁을 지키던 누나의 모습을 떠올리면 마음이 아릿하다. 일곱 살이던 나에게 죽음은 너무나 낯설고 먼 것이었다.

엄마가 세상을 떠나시기 전, 할머니께 남긴 마지막 유언을 나중에 할머니를 통해 여러 번 들었다.

"어머님은 오래 사세요. 부디 우리 아이들 잘 좀 챙겨 주세요."

그 부탁을 들으신 할머니는 그 말을 마음에 새기고, 이후 "누나가 결혼할 때까지만은 꼭 살아야 한다"고 말씀하셨다. 그리고 정말로, 누나가 결혼하고 그해 평안히 세상을 떠나셨다. 마치 긴 시간 동안 약속 하나를 지켜 내기 위해 버텨 오신 삶 같았다. 엄마가 안 계시던 시절, 주말이면 친척들이 마치 약속이나 한 듯 내려와 우리 남매를 돌봐 주곤 했다. 삼촌들은 아버지의 농사일을 거들며 땀을 흘렸고, 고모와 숙모는 계절마다 철에 맞는 옷을 사 오시고, 주말마다 필요한 준비물도 챙겨 주셨다. 대구에서 오실 때면 항상 친구들보다 더 좋은 물건들을 사 오셨는데, 그 마음은 세상에서 가장 소중한 선물처럼 느껴졌다. 주변 어른들 중 누구 하나 우리 남매가 '엄마 없는 아이들'처럼 보이지 않도록 모두가 세심히 도와주셨다. 어린 마음에도 그 온정이 참 고맙고, 이상하리만치 마음이 편안했다. 방학이 되면 할머니의 부담을 덜어 드리기 위해 대구의 고모 댁이나 삼촌 댁에서 한 달 남짓 머물곤 했다. 특히 고모부님은 방학마다 우리를 우방랜드, 달성공원 등 아이들이 좋아할 만한 여러 곳으로 데려가 구경시켜 주셨다. 조카들을 위해 그렇게 시간을 내고 정성을 쏟는 일이 결코 쉬운 일은 아니었을 텐데, 그 마음이 얼마나 귀한 사랑이었는지 이제야 새삼 느낀다.

한번은 고모가 바닥을 닦고 게실 때 장난삼아 "말 태워 달라"고 조르자, 고모는 잠시 웃더니 나를 등에 태워 주셨다. 그런데 이내 고모의 눈시울이 붉어지며 울먹이던 모습이 기억난다. 아마도 자신에게 매달리는, 엄마 없는 조카를 안쓰럽게 여겼을 것이다. 하지만 그런 사정을 알 리 없던 그 시절은 단지 즐겁고 신기한 순간들의 연속이었다. 유치원 시절은 희미하지만, 학부모들이 돌아가며 간식을 챙겨 주던 장면만은 기억난다. 다른 집에서는 초코파이나 요구르트를 보내오곤 했지만, 아버지는 늘 읍내 제과점 빵을 사 오시고 철마다 과일까지 보태 주셨다. 그때는 몰랐지만, 그 안에는 어린 나를 향한 아버지의 말 없는 사랑이 담겨 있었던 것 같다.

사랑받으며 자랐지만, 문득 엄마의 자리가 비어 있음을 느낄 때가 있었다. 특히 소풍날이 그랬다. 동네 큰어머니가 정성껏 김밥을 싸 주시고 우리 남매를 살뜰히 챙겨 주셨지만, 소풍까지 함께할 수는 없었다. 친구들이 엄마 손을 잡고 학교에 들어오는 모습을 바라볼 때면 설명하기 어려운 허전함이 밀려왔다. 점심시간이 되면 엄마 대신 누나를 찾아 헤맸고, 그 순간이 괜히 부끄럽게 느껴졌다. 그날의 하늘과 바람, 도시락 냄새 속에 배어 있던 그 빈자리는 오랜 세월이 흐른 지금까지도 마음 한편에 조용히 남아 있다.

또 다른 기억은 학교 급식과 관련된 일이다. 우리 학교는 초등학교 1학년 때부터 급식을 했지만, 지금처럼 조리실에 정식 조리원이 있는 방식이 아니라 영양사 한 분과 각 학급 어머니들이 순번을 정해 돌아가며 직접 밥을 준비했다. 엄마가 안 계신 나는 당연히 급식에서 제외될 거라 생각했다. 그러나 다음 날, 영양사 선생님은 아이들이 모두 있는 자리에서 왜 엄마가 오지 않았냐고 묻더니, "엄마가 없으면 할머니라도 모셔 와야지." 하며 나를 꾸짖었다. 그 말은 큰 충격으로 다가왔다. 그날의 당혹감과 서러움은 지금도 한 번씩 불쑥 떠오른다.

이제 내 아이가 여섯 살이 되었다. 해맑게 웃으며 뛰노는 모습을 바라보면 문득 가슴이 저려 온다. '어린 남매를 남겨 두고 떠나야 했던 엄마의 마음이 얼마나 아팠을까.' 경북 고령의 막내딸로, 얼굴과 마음이 곱다고 전해진 엄마는 마지막 순간까지 우리를 걱정하다 떠나셨을 것이다. 우리에게 남긴 유언은 없지만 그 마음은 분명 내 곁에 머물러 있다. 우리를 사랑하고 아끼던 그 진심을 떠올리면 눈물이 고인다. 그렇게 묵묵히 자라왔고, 장성하여 엄마의 기억을 더듬어 본다. 그 기억 속에서 그때의 나를 만나고, 잊히지 않는 사랑과 온기를 다시 한번 느낀다. 엄마의 부재는 분명 큰 슬픔이었지만, 그 슬픔을 감싸 준 할머니와 아버지의 품, 친척들의 손길 그리고 누나와 나 사이의 다정한 남매애 덕분에 그 시간은 단순한 불행으로만 남지 않았다.

울어야 할 순간에도 웃을 수 있었던 것은 우리를 정성껏 돌봐 준 가족들의 따뜻한 사랑 덕분이었다. 아버지는 엄마의 빈자리를 채우고자 내가 아홉 살 되던 1월에 재혼하셨다. 그때의 나는 '엄마의 죽음'과 '아버지의 새로운 시작'을 명확히 구분할 수 없었고, 내가 할 수 있는 일은 아버지의 선택을 있는 그대로 받아들이고 순응하는 것뿐이었다. 엄마는 떠나셨지만, 그 따뜻함과 사랑은 변함없이 우리 가족을 감싸고 있다. 그때 느꼈던 온기와 기억은 나를 지탱하는 힘이 된다.

내 곁의 마을

어릴 적, 엄마의 빈자리를 따뜻하게 채워 주신 분이 계셨다. 바로 옆 마을에서 나와 함께 유치원을 다녔던 은혜의 어머니였다. 그 시절 은혜와 나는 유치원을 마치고 늘 12시쯤 걸어서 집으로 돌아왔는데, 거리가 제법 멀었음에도 혼자가 아닌 둘이었기에 힘들지 않았고, 오히려 즐겁게 걸을 수 있었다. 봄날이면 찻길 옆에 핀 꽃을 꺾으며 이리저리 이야기를 나누며 걸었고, 비 오는 날이면 나란히 장화를 신고 작은 발걸음으로 빗방울을 튀기며 걷곤 했다. 길가에서 개구리라도 만나면 우리는 호기심 가득한 눈으로 한참을 바라보며 신기해하곤 했다. 걸어가다 보면 어린 우리가 힘들까 봐, 아버지를 아는 사람들의 차나 지나가던 일반 차들이 우리를 마을 어귀까지 태워 주곤 했다. 그 당시 시골은 그랬다. 같은 방향으로 가는 길이라면 어른이든 아이든 잠시 멈춰 우리를 목적지까지 태워 주는 일이 흔했다. 요즘 같으면 큰일 날 수도 있는 일이지만, 우리가 먼저 "태워 주

세요."라고 부탁한 적이 없었는데도 몇 번씩 자연스럽게 차를 얻어
타곤 했다.

등교는 늘 아버지가 챙겨 주셨지만, 농사일로 바쁘셨기에 하교까
지는 돌봐 주실 수 없었다. 엄마가 돌아가시기 전 우리가 살던 집은
은혜네와 같은 마을에 있어 이웃사촌이라는 말이 어울릴 만큼 가깝
게 잘 지내는 사이였다. 그래서 집안 사정을 잘 아는 은혜 어머니께
서 어린 나를 살뜰히 챙겨 주곤 하셨다. 덕분에 자연스럽게 그 집에
서 밥을 먹고 놀다가, 초등학생이던 누나가 학교를 마치면 나를 자전
거에 태워 집까지 데려가곤 했다. 당시 은혜네 집은 삼대가 함께 사
는 집이었고, 집에 도착하면 제일 어르신인 노할머니가 맞아 주셨다.
처음에는 노할머니의 백발이 조금 무섭게 느껴지기도 했지만, 인자
한 미소가 어렴풋이 기억난다. 철없던 내가 염치없이 시끄럽게 놀아
도 은혜네 식구들은 늘 나를 사랑스럽게 봐 주셨다. 그곳에서 또래
인 진석이 형, 영두 형과 함께 마음껏 어울리며 즐겼던 그 순간들은
내게 큰 행복으로 새겨져 있다.

어느 하굣길, 비가 내리고 있었다. 우리는 평소처럼 우산을 쓰고
걸어가고 있었고, 점점 굵어지는 매서운 빗줄기에 힘들어하던 그때,
은혜의 어머니는 우리를 자전거에 태우기 위해 비를 맞으면서 급히
오셨던 기억이 난다. 비에 젖은 머리카락과 축축한 옷, 차가운 빗속
에서도 변함없이 우리를 보살펴 주시던 그 손길은 어린 마음에도 큰
감동으로 남았다. 놀다가 옷이 더러워지면 친구의 오빠였던 진석이
형의 여분 옷을 입혀 주곤 했고, 날씨가 좋은 날은 그 순간들을 놓
치지 않고 사진으로 담아 주셨다. 특히 그 집 앞 감나무 아래 노란
색 유치원복을 입고 서로 어깨를 맞대고 웃던 우리 모습은 아직도

내 앨범 속에 있다.

또 한 번은 어른들이 집에 없는 사이 방 안에서 놀다가 액자를 깨뜨린 적이 있었다. 다행히 다치지는 않았지만 깜짝 놀란 은혜는 울었고, 나는 어찌할 바를 몰라 했다. 유리 조각을 한쪽에 모아 두고 혼날까 봐 마음 졸였던 기억이 난다. 우리 집이 아니었기에, 어린 나이였음에도 눈치를 보며 시간이 어떻게 흐르는지 모를 정도였다. 조금 뒤, 은혜 어머니께서 집으로 오셔서 우리 모습을 보시더니, 조금도 나무라지 않으셨다. 대신 걱정했을 우리를 꼭 안아 주셨다. 그제야 나도 울음을 터뜨렸다. 괜찮다고 말씀하셨지만 눈물은 멈추지 않았고, 은혜의 어머니는 조용히 유리 조각을 치우셨다.

아프리카 속담에 "한 아이를 키우려면 온 마을이 필요하다"라는 말이 있다. 정말 그 말처럼, 내 어린 시절을 키워 준 것은 가족만이 아니라 이웃과 마을 전체였다. 그리고 그 따뜻한 보살핌을 당연하게 여기며 자랐던 것 같다. 은혜와는 인사 한마디 나누지 못한 채 헤어졌다. 은혜가 초등학교 1학년 겨울 방학에 다른 지역으로 전학을 가면서, 또 아버지의 재혼으로 자연스럽게 은혜의 집을 찾을 일도 없게 되었다.

이후 30년이 넘도록 만나지 못했다. 그런데 작년 의성에서 발생한 큰 산불 현장에서 우연히 산불 진화를 하고 계신 은혜의 부모님을 만날 수 있었다. 반가운 인사를 나눈 뒤 서로의 근황을 전했고, 은혜의 부모님은 잘 자란 내 모습을 보고 두 손을 잡으며 눈시울을 붉히셨다. 은혜도 타지에서 결혼해 잘 살고 있다는 소식을 들을 수 있었다. 32년 전, 친구와 함께 하교하던 길에 들리던 떠드는 이야기 소리, 빗속을 뚫고 자전거를 타고 우리를 태우러 오시던 은혜 어머니의 모습, 감나무 아래에서 보냈던 행복한 순간들이 그대로 살아 있는 듯하다. 그분의 포근한 마음과 세심한 배려는 어릴 적 마음속 깊이 큰 행복을 심어 주었고, 지금까지 내 삶 속에서 잊히지 않는 빛나는 기억으로 남아 있다. 이렇게 글로나마 그 감사의 마음을 전할 수 있음에, 어린 시절 내 곁에 있어 주신 은혜의 어머니께 깊은 존경과 사랑을 보낸다.

시골 아지매들의
반란

1994년 겨울, 중앙고속도로 공사가 한창이던 시절이었다. 겨울의 농촌 마을은 유난히 춥고, 하루하루가 길게만 느껴지던 때였다. 그 시절 우리 동네 앞을 가로지르던 고속도로 공사 구간은 아직 자동차가 다니지 않는 미완성 도로였고, 거친 흙길과 갓 포장된 아스팔트가 뒤섞여 있었다. 그곳은 동네 아지매들에게 작은 혁명이 시작된 장소이기도 했다. 바로 자전거를 처음 배우고 타던 곳이었기 때문이다. 당시 아지매들의 대부분은 자전거를 타는 경우가 드물었다.

그런 미완성된 고속도로는 자전거 연습을 하기에 안성맞춤이었다. 텅 빈 도로 위로 아지매들이 하나둘 모여들었다. 평생 논밭에서 일하며 가족의 끼니를 책임져 온 손들이, 그날만큼은 낯선 자전거 핸들을 움켜쥐고 있었다. 몸뻬 바지를 단단히 여미고 자전거 위에서 몸을 흔들며, 소녀처럼 웃음을 터뜨렸다. 그들은 어른이면서도 아이였고, 그 순간만큼은 완전히 자유로웠다. 여섯 살이던 나도 그 무리에 섞였다. 그 시기, 나도 네발자전거에서 두발자전거로 바꿀 시기였고, 겨울철 농촌에는 변변히 할 일이 없었기에 자연스레 따라 배우게 되었다. 작은 다리로 고속도로 언덕까지 자전거를 힘겹게 끌어올리는 모습을 안쓰럽게 여긴 아지매는 내 자전거를 번쩍 들어 언덕 위까지 함께 옮겨 주곤 했다. 그 모습은 마치 슈퍼맨처럼 보였다. 연습을 하다 넘어지면 무릎이 까지고, 손바닥에 작은 상처가 남았고, 눈물이 차올라 금방이라도 울음이 터질 것 같았다. 그럴 때마다 등 뒤에서 들려오던 그분들의 격려는, 다시 자전거를 붙잡게 만드는 힘이 되어 주었다.

"괜찮다, 다시 해 봐라!"

다시 자전거를 일으켜 세우고, 떨리는 손으로 핸들을 잡고, 어설프게 페달을 밟았다. 어떤 아지매는 일반 자전거는 시시하다며 남자들이 타는 크고 튼튼한 자전거를 가져와 마치 대장부처럼 고속도로 길을 누볐다. 바람을 가르며 달리는 모습은 보는 사람들을 압도할 만큼 당당했다. 반면, 자전거를 배우는 속도가 느린 아지매도 있었다. 어느 날 남편을 데리고 와 뒤에서 넘어지지 않게 잡아 달라 부탁하며 연습을 시작했다. 처음에는 잔뜩 긴장한 얼굴이었지만, 점차 속도가 붙고 손을 놓아도 자전거는 유유히 앞으로 달렸다. 휘청이던 자전거가 안정되며 아지매의 얼굴에 환한 웃음이 번지는 순간, 작은 승리의 현장처럼 활기와 생동감이 고속도로 위를 가득 채웠다. 그리고 그 순간의 기쁨은 기술 습득을 넘어, 스스로 할 수 있다는 자신감을 선물했다.

자신감이 붙은 나는 그때 아지매들과 자전거 시합을 하자며 졸랐던 기억이 난다. 그분들은 충분히 나를 이길 수 있었지만, 일부러 속도를 늦추며 뒤를 따라왔다. 작은 아이에게 이기는 기쁨보다 함께 달리며 배우는 순간이 더 소중했기 때문이었으리라. 한번은 혼자 앞만 보고 자전거를 타고 몇백 미터쯤 내달렸다. 뒤를 돌아보니 아무도 따라오지 않았고, 그제야 가슴이 철렁 내려앉았다. 갑자기 길은 조용하고, 바람 소리까지 이상하게 크게 들리는 듯했다. 든든한 아지매들이 곁에 없다는 사실이 더 무섭게 느껴져 "아지매들요… 어디 있어요?" 하고 울먹이듯 소리치며 뒤로 돌아 페달을 정신없이 밟기 시작했다. 정신없이 페달을 밟아 도착한 곳에서, 아지매들은 허겁지겁 달려온 나를 보며 한바탕 웃음을 터뜨렸다. "집까지 혼자 가도 걱정 없겠다"는 말이 곳곳에서 흘러나왔고, 또 다른 누군가는 조용히 등을 두드려 주었다. 조금은 속상했지만, 다시 그들을 만났다는 사실만으로도 안도감이 들었다.

자전거를 어느 정도 익힌 후, 자전거에 익숙해진 분들은 고속도로를 따라 윗마을에서 아랫마을로, 아랫마을에서 윗마을로 쉼 없이 오르내렸다. 오가는 길에는 잠시 친정에 들르기도 했고, 때로는 자전거 바구니에 음식을 나눠 담으며 서로를 챙기는 훈훈한 모습도 볼 수 있었다. 그렇게 자전거는 이동 수단을 넘어 사람과 사람을 이어 주는 작은 다리 역할을 했다. 그 시절 고속도로 위를 달리던 그 환한 표정과 바람에 실린 흙냄새, 그분들과 땀 흘리며 신나게 달리던 겨울 냄새가 생생히 느껴진다. 세월이 흘러, 자전거를 배우던 아지매들은 대부분 여든을 훌쩍 넘겼다. 세상을 떠난 분들도 있고, 살아 계신 분들은 전동차를 타거나 손주들의 유모차를 지팡이처럼 잡고 경로당 길을 천천히 오간다. 두 손에 힘을 주고 천천히 걷는 모습은, 그 시절 삐걱거리던 자전거 핸들을 꼭 잡고 달리던 모습과 미묘하게 닮아 있다. 그러나 이젠 넘어지면 큰일 나는 나이, 웃음보다 조심스러움이 더 익숙한 나이가 되었다.

머칠 전 고향길에 아들과 함께, 이제는 허리가 굽은 할머니가 된 그 아지매의 집을 찾았다. 문 앞에 선 순간 세월이 얼마나 흘렀는지 새삼 실감이 났다. 예전에 타던 자전거는 먼지 속에 묻힌 채 창고 한쪽에 덩그러니 놓여 있었다. 그 위에 내려앉은 시간만큼이나 내 기억도 그 자리에 그대로 멈춰 있는 듯했다. 나는 괜히 목이 메어 잠시 말을 고른 뒤 물었다.

"할매요, 그때 자전거 배울 때 어떤 마음이었습니까?"

잠시 미소를 짓던 할머니는 짧지만 단단한 목소리로 답하셨다.

"자전거 배운 거, 그거 참 잘한 기라."

그 말에는 가벼운 회상이 아닌, 평생을 살아온 사람의 깊은 깨달음이 담겨 있었다. 우리 아들에게 용돈을 쥐여 주시며 나와 아들을 번갈아 바라보더니 덧붙이셨다.

"그때 네가 이만했제? 어린 네가 자전거를 들고 언덕 오르던 모습이 생각난다. 엄마 없이 할매들 따라와서 얼마나 딱했는지 모른다. 그래도 이렇게 잘 커 가, 할매가 참 고맙다." 하며 눈물을 훔쳤다. 그 모습을 보니 마음이 먹먹해졌다. 한때 논밭을 누비며 함께 달리던 그 시간이 멀어져 가는 것이 아쉬워, 변화무상한 세월이 새삼 더 서늘하게 느껴졌다. 시간이 흘러 운전자가 되어 중앙고속도로를 달릴 때마다 내 마음속에는 그 시절의 작은 내가 다시 나타난다. 작은 자전거를 끌고 언덕을 오르던 아이, 무릎이 까져도 포기하지 않고 달리던 아이. 차창 밖으로 스쳐 지나가는 풍경 속에서 그때의 배경들이 되살아난다. 30년이 지난 지금, 그날의 풍경과 그때의 자유를 다시 떠올린다.

　여섯 살이 된 나의 아들아,

　요즘 네가 자전거를 타는 모습을 보면서 어릴 적 아빠가 아지매들과 함께 자전거를 배우던 날이 떠올랐단다. 넘어지면서도 끝까지 포기하지 않고 배워, 마침내 자유를 만끽했었지. 삶도 마찬가지란다. 넘어지지 않으면 배울 수 없고, 용기를 내 도전해야 비로소 성장할 수 있단다. 살아가다 보면 넘어질 수도 있단다. 그래도 괜찮아. 다시 일어나면 되니까. 언젠가 세상의 큰 언덕을 넘어야 할 때, 넘어지고도 다시 일어나 앞으로 나아가는 용기를 품기를 바란다.

포도 한 송이

시골에서 자란 사람이라면 한 번쯤 '서리'를 해 보았거나 그에 얽힌 이야기를 들어 보았을 것이다. 어린 마음에 장난처럼 과일이나 옥수수 몇 알을 따 먹고 나면 어른들이 그냥 넘어가 주시기도 하지만, 때로는 큰 사건으로 번지기도 한다. 나에게도 잊을 수 없는 서리 사건이 있다. 일곱 살이던 여름날, 동네 윗집에 사는 형과 누나 그리고 우리 남매까지, 넷이서 냇가에서 물놀이를 하고 있었다. 한참을 그렇게 뛰어놀다 보니 어느새 배가 고파졌고, 바로 옆 밭머리에 주렁주렁 달린 포도송이가 슬며시 우리의 시선을 붙잡았다. 햇살을 받아 투명하게 빛나는 송이들은 보석처럼 탐스러웠고, 바람에 살랑 흔들릴 때마다 달콤한 향기가 코끝을 스쳤다. 까맣게 익은 포도는 마치 금세 먹으라 손짓하는 듯 유혹적이었다. 그때, 윗집 누나가 기대하면서도 어딘가 조금 떨리는 목소리로 속삭였다.

"우리… 딱 한 송이만 따 먹을까?"

그 말이 떨어지자, 잠시 고민하다가 모두 고개를 끄덕였다. 누나는 "조심해. 걸리면 큰일 난다!"라며 잔뜩 긴장한 표정을 지었지만, 눈가는 웃음으로 반짝였다. 마치 모두가 비밀스러운 모험에 발을 들인 순간이었다. 손을 뻗자 송이가 '툭' 하고 떨어졌다. 작은 손에 탐스러운 포도송이가 쥐어졌고, 씻지도 않은 채 우리는 밭에 쪼그려 앉아 먹었다. 입에 넣는 순간, 탱글탱글한 알갱이가 터지며 달콤한 즙이 혀끝과 입안을 가득 채웠다. 달콤함에 정신이 팔린 우리는 깔깔거리며 그 순간을 즐겼다. 햇살과 물방울이 반짝이는 세상 속에서 그 순간만큼은 죄책감도 잘못도 모두 잊힌 듯했다. 손끝에 묻은 포도즙 냄새, 때맞춰 부는 잔잔한 바람까지, 모든 것이 평온하고 좋았다. 하지만 그 즐거움은 오래가지 않았다. 밭 주인이 저 멀리서 우리를 발견하고 팔을 휘두르며 급히 달려왔다. 밭 주인의 얼굴은 순식간에 굳은 표정으로 "이것들이, 밭을 쑥대밭으로 만들어 놓다니!"라고 말하는 목소리가 들판을 울렸다.

밭 주인은 흩어진 포도 잎과 땅바닥에 떨어진 송이를 살피며 화난 목소리로 소리쳤다. 그 분노에 찬 표정 앞에서 우리는 아무 말도 할 수 없었다. 우리는 마치 밭 전체를 망쳐 놓은 범인처럼 몰렸다. 두려움과 죄책감이 한꺼번에 밀려와, 가슴이 쿵쾅거리고 숨이 막히는 기분이었다. 주인은 "너희들 몇 번씩이나 여기 와서 따 먹었지? 단단히 각오해라. 절대 그냥 넘어가지 않을 거다."라며 한 번 더 무섭게 혼냈다. 터벅터벅, 집으로 돌아오는 발걸음이 무거웠다. 이 소식을 들은 다른 동네 형들은 "경찰서에 잡혀 갈 거다."라며 놀렸고, 어린 나는 겁을 먹었다. 같이 포도를 먹었던 누나와 형 집에는 이미 몇 차례 주인이 찾아와 남매를 꾸짖고, 부모에게도 변상해 달라고 소리쳤다고 했다.

　사건은 우리 집까지 번졌다. 주말을 맞아 친척들이 우리 집에 왔고, 고기를 굽고 함께 어울리던 마당에 밭 주인이 갑자기 나타나 포도값을 내놓으라며 소란을 피웠다. 평화롭던 집 안 분위기는 불안과 혼란으로 순식간에 뒤바뀌었다. 결국 사건은 경찰 고소로 이어졌고, 아버지는 우리를 대신해 경찰서로 가야 했다. 단지 한 송이를 먹었을 뿐인데, 어린 마음에는 도무지 이해되지 않았다. 경찰서에서 돌아오신 아버지의 얼굴을 마주했을 때, 담담하고 평온한 표정을 보고서야 비로소 마음이 놓였다. 알고 보니 밭이 엉망이 된 진짜 이유는 밤마다 내려온 산짐승들이 포도밭을 헤집고 간 것이었다. 그러나 우리의 장난이 문제인양 누명을 씌운 것이었다. 지금도 한 번씩 억울한 마음이 불쑥 튀어나온다. 그날 이후, 아버지는 단 한 번도 포도 사건에 대해 말씀하지 않으셨다. 말 없는 침묵 속에서 우리를 믿고 지켜보는 아버지의 마음이 오히려 더 크게 다가왔다. 그날의 기억은 단순한 '서리 사건'으로 끝나지 않았다. 물장구치며 웃던 소리, 입안 가득 터지는 포도 맛, 호된 꾸중 속에서도 안쓰럽게 바라보던 동네 사람들의 눈빛, 경찰서에서 아버지가 마주했을 걱정과 무거운 마음까지. 아직도 까만 포도를 볼 때면 그 여름날 포도밭에서의 모든 순간이 되살아난다.

엄마의 자리

　초등학교 2학년 봄 방학, 아홉 살이던 해, 집안 어른들의 권유로 아버지는 재혼을 하셨다. 엄마가 돌아가신 지 두 해쯤 지난 뒤였다. 키가 아담하고 얼굴은 까무잡잡하며, 파마머리를 한 분이었다. 지금까지도 새엄마의 지난 삶에 대해서는 정확히 알지 못한다. 약속이라도 한 것처럼 서로의 과거를 묻지 않은 채, 모른 척하며 자연스럽게 함께 살아왔다. 그렇게 흘러간 세월이 어느덧 삼십 년이다.

　첫 만남은 어렸기에 기억이 잘 나지 않는다. 다만 양가 친척들이 모여 대구에서 간단히 약식 결혼식을 올렸고, 그날은 유난히 추웠다는 기억만 남아 있다. 어린 마음의 나는 아버지의 재혼이 괜스레 부끄럽기도 했고, 친척들의 시선이 부담스러웠다. 어린 남매에게 더 많은 눈길이 쏠리는 것 같아 더욱 어색했다. 결혼식이 끝난 뒤, 부모님은 우리를 데리고 의성으로 향했다.

　의성으로 가는 길, 잊을 수 없는 일이 있었다. 아버지가 몇 해 전,

친엄마와 함께 장만했던 자동차가 터널 갓길에 멈춰 서 있는 것이었다. 이미 팔렸던 차가 새엄마와 함께 새로운 삶을 시작하러 가는 우리 앞에 다시 나타난 순간, 마음속 깊이 묘한 감정이 스며들었다. 마치 과거와 현재가 잠시 맞닿으며 앞으로의 삶을 축복해 주는 듯한 느낌이었다. 하지만 처음에는 쉽게 "엄마"라고 부르지 못했다. "아줌마"라고 불렀고, 어색한 감정이 늘 마음에 남아 있었다. 그러다 어느 순간 자연스럽게 "엄마"라는 말이 입에 붙었고, 그러다가 거리낌 없이 반말을 하며 지낼 수 있었다. 그때서야 비로소 마음속에 안도감이 스며들었다. 엄마가 오신 뒤, 밥상에는 눈에 띄게 반찬이 풍성해졌다. 시골에서는 보기 힘든 오므라이스나 직접 구운 빵이 올라오기도 했고, 냉장고에는 늘 간식이 가득했다. 생일이면 미역국만 끓여 주신 것이 아니라 매년 친구들을 집으로 불러 한 상 가득 음식을 차려 주셨다. 친구들과 둘러앉아 생일을 축하받다 보면 괜히 어깨가 으쓱해지곤 했다. 또한 어린이날이면 대구 우방랜드로 데려가거나 꼭 선물을 준비하셨다. 시간이 지나 깨달은 건, 아무리 주변의 사랑과 정성이 깊어도 '엄마의 자리'만큼은 누구도 대신할 수 없다는 사실이었다. 그 자리는 오직 엄마만이 채울 수 있는, 세상에서 단 하나뿐인 자리였다.

엄마는 현명하고 지혜로웠다. 생활력과 강인함은 누구보다 뛰어났다. 부족한 형편 속에서도 우리를 세심히 돌보며, 때로는 할머니보다 더 큰 손길로 가족을 살폈다. 사람들의 편견에도 아랑곳하지 않고 묵묵히 우리 곁을 지켰다. 농사일에도 적극적이었다. 처음에는 "아이들만 잘 봐 주면 된다."라는 아버지의 말에 결혼 생활을 시작했지만, 농촌살이는 가만히 있을 수 없는 삶이었다. 마치 그동안 살아오면서 겪은 어려움을 되갚듯, 열심히 일하고 생활하셨다. 이듬해 겨울에는 운전 면허를 따시고, 트랙터 같은 농기계까지 능숙하게 다루셨다.

하루하루는 눈 깜짝할 사이에 흘렀고, 엄마는 어느새 우리 삶과 하나가 되어 있었다. 시어머니를 모시고, 남매를 키우고, 때로는 속을 썩이는 아버지와의 생활과 농사일까지 감당하는 그 일상이 결코 쉽지 않았음을 이제야 비로소 깨닫게 된다. 이따금 주위 사람들이 "엄마가 잘해 주시냐"고 물으면, 자신 있게 "잘해 주신다"고 답했고, 시골이라는 곳은 칭찬에는 인색하고 헐뜯는 말은 금세 퍼지는 곳이었지만, 엄마는 흔들림 없이 늘 한결같았다. 엄마가 오신 후부터 소풍에도 따라와 챙겨 주셨고, 학부모 모임에도 참여하며 최선을 다하셨다. 먼 훗날, 엄마는 이렇게 말했다.

"우리 아이들 학교 소풍 따라다닐 때가 제일 좋았어."라며, 그 시절 우리와 함께한 시간을 행복하게 떠올렸다.

무엇보다도, 엄마는 단 한 번도 매를 든 적이 없었다. 흔히 계모라 하면 아이를 매질하거나 방치할 거라 생각하지만, 엄마는 그런 편견을 정면으로 깨뜨리셨다. 친엄마와의 사진이나 추억들도 소중히 남겨 주셨다. 더 놀라운 일은 엄마가 우리 남매와 돌아가신 친엄마를 위해 제사를 30년 넘게 이어 오신 것이었다. 주위의 만류에도 불구하고 묵묵히 제사를 지냈다. 솔직히 그 시간은 괴로웠다. 새엄마가 친엄마의 제사를 지낸다는 것이 어색하고 불편했기 때문이다. 밤늦은 제사 때면 자는 척하며 피하기도 했다. 그러나 엄마에게 그 불편함은 중요하지 않았던 것 같다. 아마도 친엄마에 대한 애도와 엄마 자리에 들어온 것에 대한 미안함 그리고 젊은 나이에 떠난 넋을 기리기 위해 그렇게 하셨을 것이다.

중학교를 졸업할 때까지도, 고등학교 기숙사 생활을 시작한 뒤에도, 대학 시절 연예인이 되고 싶다고 했을 때에도, 엄마는 곁에서 용돈을 챙겨 주시고 응원해 주셨다.

"하고 싶은 대로 해 봐라. 믿는다."

그 말은 나를 살아가게 하는 힘이 되었다. 시간이 흐르며 할머니가 노환으로 거동이 불편해지자, 주변에서는 요양원에 모시자는 의견이 많았다. 그러나 엄마는 "그동안 모셨으니 제가 끝까지 모시겠다"며 끝까지 곁을 지켰다. 그렇게 2년 동안 정성껏 병 수발을 한 끝에, 할머니는 평안히 세상을 떠나셨다.

친엄마와 함께한 7년, 엄마 없이 지낸 2년 그리고 새엄마와 함께한 30년의 시간이 있었다. 그 오랜 세월 동안 단 한 번도 '새엄마'라는 말이 필요 없게 만들어 주신 분이다. 스무 살이 되던 해, 나는 자연스럽게 고향을 떠나 타지에서 대학 생활을 했고, 취업할 때까지 늘 격려해 주셨다. 주변 사람들은 늘 엄마가 덕을 많이 쌓아 우리 남매가 건강하게 잘 자랄 수 있었다고 한다. 그 말을 들으면 괜히 마음이 따뜻해진다.

현재 우리 남매는 창원에서 공직 생활을 하고 있고, 각자의 가정을 이루며 잘 살고 있다. 엄마는 예전처럼 치열하게 살아야만 하는 삶에서 벗어나 조금은 여유로운 일상을 즐기신다. 과수원 일도 거의 접으셨고, 해마다 산과 해외를 오가며 여행을 즐기신다. 요즘 마주하는 엄마의 얼굴에는 평온함이 가득하다. 한 번씩 고향을 찾을 때면, 우리 아들 경민이의 시선에 맞춰 함께 놀아 주시는 모습을 보게 된다. 아이의 작은 손을 잡고 행복을 나누는 엄마의 모습이 감사하고 행복해 보여 나 또한 기분이 좋다. 그 순간마다, 엄마가 우리에게 보여 주셨던 사랑과 정성이 얼마나 큰 힘이 되었는지를 새삼 깨닫게 된다. 여유를 되찾은 엄마의 제2, 어쩌면 제3의 인생을 진심으로 응원한다. 그동안 누구보다도 한결같이 그리고 넉넉한 마음으로 우리를 지켜 주신 엄마의 삶을 생각하면, 감사와 존경의 마음이 가슴 깊이 차오른다. 이 글을 빌려, 엄마께 고백하듯 마음을 전하고 싶다.

"엄마, 고맙습니다. 그리고 사랑합니다."

투망에 담긴 여름

어릴 적 여행을 제대로 다녀 본 기억은 없지만 내 마음속에는 그 모든 것을 대신할 만큼 크고 재미난 추억이 자리하고 있다. 그중 하나가 바로 아버지와 함께하던 고향 하천에서의 여름날들이다. 그 시절의 냇가는 다듬어지지 않은, 자연 그대로의 모습이었다. 물속에는 메기와 쏘가리 같은 고기들이 가득 살고 있었고, 나의 눈에는 물고기들이 작은 보물처럼 신비로워 보였다. 아버지는 물고기의 습성을 꿰뚫고 계셨다. 고기가 어디에 모여 있는지, 언제 물길을 타고 내려오는지 정확히 짚어 내셨고, 나는 아버지의 지시에 따라 냇가 위로 첨벙첨벙 뛰어다녔다. 시원한 물보라가 튀었고, 고기들은 놀라 물살을 따라 허둥지둥 내려왔다. 바로 그 순간, 아버지의 손이 번개처럼 움직이며 투망을 '촤악' 하고 펼쳤다. 은빛 물고기들이 그물 안에서 팔딱이며 살아 움직일 때, 세상을 다 얻은 듯한 기쁨을 느꼈다. 아버지는 물고기를 잡는 법만 가르치신 것이 아니라 기다림과 관찰, 자연과 조화를 이루는 법까지 함께 알려 주셨다. 작은 물고기는 다시 물속으로 놓아 주시며, 욕심을 줄이고 '가진 것에 만족하는 법'도 가르쳐 주셨다.

아버지는 동네 어른들과 함께 고기를 잡으러 갈 때도, 귀찮을 법한데 굳이 나를 데리고 가셨다. 그곳에서 아버지의 맨손 고기잡이 솜씨와 자유자재로 그물을 다루는 모습을 가까이서 지켜볼 수 있었다. 물 위에서 투망이 펼쳐지는 순간은 마치 예술가의 붓질처럼 우아했고, 아버지가 세상에서 가장 멋있는 장인처럼 보였다. 여름 저녁, 그렇게 물놀이도 하고 물고기를 잡는 일은 가장 큰 놀이였다. 하늘은 노을빛으로 물들어 붉게 타올랐고, 풀숲에서는 풀벌레들이 끊임없이 울어 댔다. 물속에서 한껏 놀다 지쳐 나오면 그날 잡은 물고기는 매운탕이 되어 있었다. 냄비 속에서 보글보글 끓던 국물에 고추와 파, 마늘 향이 퍼지면 온 집 안이 매운 향기에 잠겼다. 물고기를 많이 잡은 날이면 아버지는 꼭 이웃들을 초대해 함께 식사하셨다. 전화 대신 집집마다 직접 뛰어가 모셔 오라고 하였고, 이웃들을 한 사람씩 찾아 불러 모았다. 이웃들은 술과 곁들일 음식을 각자 조금씩 들고 모였고, 특별한 날은 아니었지만 그 화기애애함이 참 좋았다. 그날의 시골 풍경은 유난히도 정겹게 느껴졌다. 땀을 뻘뻘 흘리며 먹는 뜨거운 국물은 세상에서 가장 맛있는 음식이었다. 어른들의 정겨운 이야기와 함께 들리던 수저 부딪히는 소리, 서로가 정을 나누던 모습, 그 모든 것이 무엇과도 바꿀 수 없는 행복 한 그릇이었다.

고등학교 시절까지는 아버지와 함께 물고기를 잡으며 쌓은 추억이 참 많았다. 그러나 성인이 되어 타지에서 생활하기 시작하면서, 어느새 그 냇가와 점점 멀어져 갔다. 마을의 풍경도 달라졌다. 냇물은 예전만큼 맑지 않고, 물고기들도 쉽게 볼 수 없다. 하지만 변화된 하천을 지날 때도 마음속에서는 그날의 풍경이 살아난다. 맑은 물소리, 첨벙거리던 발자국, 그물 안에서 펄떡이던 물고기들 그리고 아버지와 함께한 물장난까지. 눈을 감으면 언제든 되살아나는 추억이다. 나는 민물매운탕을 지금도 유난히 좋아한다. 그래서 고향 집에 가면 아버지가 이따금 농담처럼 내뱉으시던 한마디가 귓가에 맴돈다.

"날씨 좋은데, 물고기 한번 잡을까?"

그 말투에는 장난기가 섞여 있지만, 내 마음은 어느새 어린 시절의 여름 저녁으로 데려가곤 했다. 이 책이 완성된다면 이번에는 아들과 함께 삼부자가 꼭 투망을 치러 가고 싶다. 어스름한 저녁, 풀벌레가 노래하고, 하늘 위로 잠자리들이 윙윙 날아다니는 풍경 속에서 내가 물고기를 몰고, 아버지가 투망을 펼친다. 그 옆에서 내 아들이 깔깔대며 물장구를 친다면, 그 자체로 한 폭의 그림이자 삼부자가 이어 가는 세대의 추억일 것이다. 세대는 바뀌어도 사랑과 즐거움은 그대로 이어진다.

아들아,

아빠는 할아버지와 함께 그랬던 것처럼, 너와도 이런 예쁜 추억을 많이 만들고 싶단다. 언젠가 우리가 함께 냇가에서 물장구를 치며 뛰어노는 모습을 떠올리면, 벌써부터 행복해진다.

아빠가 어릴 적 느꼈던 그 따뜻한 여름의 기억을 너는 또 어떤 마음으로 기억하게 될까. 언젠가 너에게도 그 시간이 오래도록 빛나는 추억이 되었으면 좋겠다. 그래서인지 아빠는 벌써부터 이번 여름이 기다려진다.

잠겨 버린 여름,
남겨진 마음

농촌에서 자라며 각종 농사일을 도왔다. 이름하여 마늘 4종 세트(심기, 뚫기, 캐기, 걸기), 고추 4종 세트(심기, 꼬챙이 꽂기, 따기, 말리기)! 여기에 농약 줄 당기기, 자두 따고 옮기기까지, 거의 '농사 풀코스'였다. 어린 시절, 힘들긴 했지만 부모님 일손을 덜고, 이게 곧 용돈이 된다는 생각에 성실하게 임했다. 그럼에도 세상에서 가장 힘들고 싫었던 건 단연 고추 따기였다. 한 포기의 고추를 키우기 위해 봄철 수천 포기를 일일이 심고, 때맞춰 꼬챙이를 꽂고, 넘어지지 않도록 줄도 쳐야 했다. 고추는 한번이 아니라 4~5회에 걸쳐 수확해야 했으며, 중간중간 농약도 제때 뿌려야 했다. 밭고랑을 따라 줄지어 선 고추를 따는 일은 허리를 몇 번이나 숙여야 하는지 알 수 없을 만큼 고되었다. 어쩌다 물러진 고추를 잘못 잡기라도 하면 손이 화끈거렸고, 특유의 냄새는 일하는 내내 고역이었다. 무엇보다 힘들었던 건, 그렇게 애써 일하고도 그 결과가 눈에 보이게 남지 않아 보람조차 쉽게 느껴지지 않았다는 점이었다. 일을 하며 종종 이렇게 생각하곤 했다. '아, 농촌 사람들의 허리가 빨리 굽는 데에는 다 이유가 있구나.' 게다가 고추는 탄저병 같은 병에도 잘 걸려, 한 포기가 병들기 시작하면 금세 주변 고추들까지 잇따라 시들고 죽어 버리곤 했다. 그렇게 고생해 일궈 놓은 밭에서 죽어 있는 고추를 보면 안타깝고 허탈한 마음이 들었다.

이 힘든 일을 시키면서도 부모님의 마음은 편치 않았을 것이다. 아버지는 늘 말씀하셨다. 사실 농촌의 대부분 부모님들이 그러했듯, "공부 열심히 해라. 아니면 이렇게 뙤약볕 아래서 농사지으며 고생해야 한다."라고. 그해 고추 농사는 유난히 풍성했다. 고추는 튼실하게 빨갛게 익었고, 가지런히 줄지어 선 모습만으로도 흐뭇했다. 얼굴빛은 타들어 까맣게 그을렸지만, 농사가 잘된 밭을 바라보며 엄마는 자주 웃으셨다. 나도 그 표정을 보며 괜히 마음이 좋아졌다. 하지만 행복은 오래가지 않았다. 장마 전후로 이따금씩 집중 호우가 내리곤 했다. 태풍도 아닌데 갑자기 몰아치는 비는 공포처럼 느껴졌다. 이맘때가 되면, 부모님은 항상 하천 옆 고추밭을 걱정하셨다. 강하게 쏟아지는 폭우가 내리면 하천은 금세 범람하곤 했다. 당시 하천 정비는 잘되어 있지 않아, 하천 옆 밭은 순식간에 물에 잠기고 말았다.

2000년 7월, 집중 호우가 본격적인 수확을 앞둔 고추밭을 덮쳤다. 전날부터 쏟아진 장대비는 멈출 기미가 없었고, 거센 물살은 결국 밭을 그대로 삼켜 버렸다. 다음 날, 비가 그치고 밭의 물이 빠지자, 부모님의 만류에도 누나와 나는 일을 돕겠다며 밭으로 향했다. 어제까지만 해도 붉게 빛나던 고추는 쓰러져 있었고, 고추들은 진흙탕 위에 무력하게 떠다녔다. 밭은 더 이상 밭이 아니었다. 파도처럼 넘실거리는 진흙탕만 남았다. 부모님은 한참 동안 말없이 서 계셨고, 이 밭을 어떻게 해야 할지 상의하다가 결국 서로에게 화를 내기 시작했다. 어제 하늘이 화를 내듯 쏟아진 빗줄기처럼 그날 부모님의 목소리는 거칠고 높았다. 고추밭 때문만은 아니었으리라. 그동안 차곡차곡 쌓여 온 삶의 무게가 그날의 폭우와 함께 터져 나온 것이었다. 어제의 비는 뜨거운 햇볕으로 바뀌었고 날은 무척 더웠다. 그 속에서 나는 쓰러진 고춧대를 다시 세우며 한숨을 쉬었다. 어린 마음에도 그 일이 얼마나 무의미한지 알고 있었지만, 가만히 서 있을 수는 없었다. 오후가 되자 동네 사람들이 약속이라도 한 듯 하나둘 모여들었다. 말없이, 불평 없이 쓰러진 고춧대를 일으키며 진흙 속으로 들어갔다. 어떤 말도 필요 없었다. 해가 질 때까지 묵묵히, 쓰러진 고춧대를 평소보다 더 열심히 세우고 또 세웠다. 바짓가랑이는 흙투성이가 되고, 손톱 밑엔 진흙이 스며들었지만, 사람들은 허리를 굽히고 서로의 어깨에 힘을 나누며 작은 희망을 붙잡았다. 그 광경은 마음이 쓰리면서도 이상하게 따뜻하게 느껴졌다. 그때 동네 아저씨 한 분이 나를 보며, "진범아, 살다 보면 뜻대로 되지 않는 날도 있는 거다. 너무 마음 쓰지 마라. 없으면 없는 대로 어른들이 다 한다. 내일부터는 나오지 말고 공부나 열심히 해라."라고 말했고, 나는 아무 말도 하지 못한 채 고개만 끄덕였다.

다음 날 학교를 마치고 집으로 향하는 길이 편치 않았다. 어제처럼 부모님이 고추밭에서 분명히 일을 하고 있을 것이 뻔했기 때문이었다. 아니나 다를까, 부모님은 어제와 마찬가지로 하나라도 더 살려 보려 고춧대를 일으켜 세우며 일을 하고 계셨다. 나는 잠시 갈까 말까 망설이다가 밭으로 향했다. 그리고 말없이 부모님 곁에 서서 다시 일을 거들었다. 지금 생각해 보면 그때 밭으로 달려가 부모님 곁에 섰던 내 모습은 스스로 생각해도 괜찮은 선택이었다. 그해 여름, 그때 느낀 상심과 그날의 무력감은 마음 깊은 곳에 각인되어 결국 지금의 나를 만든 기억 중 하나가 되었다. 만약 엉망이 된 밭에 가지 않았다면 여태껏 세상이 단순하다고 믿고 있었을 것이다. 비록 고추를 잃은 날이었지만, 삶에서 진정으로 중요한 것을 얻었다. 세상은 마음대로 흘러가지 않는다는 것, 사람의 수고가 자연 앞에서는 얼마나 무력할 수 있는지, 그리고 절망 속에서도 다시 일어서는 것이 바로 삶이라는 것. 그것은 비가 씻어 간 것이 아니라, 나에게 남겨 준 가장 값진 교훈이었다.

아들아,

아빠가 어릴 때, 부모님이 땀 흘려 일군 고추밭을 거센 비가 삼켜 버린 적이 있단다. 노력과 수고가 항상 원하는 결과로 이어지지 않는다는 걸 그때 배웠지. 하지만 더 중요한 건, 절망 속에서도 사람은 다시 일어난다는 거란다. 이웃과 가족이 함께 쓰러진 고춧대를 세우며 작은 희망을 붙잡는 모습을 보았지. 아빠는 그때 사람과 사람 사이의 힘과 따뜻함을 느꼈단다. 아들아, 세상살이는 마음먹은 대로만 흘러가지는 않는단다. 그럴 때 당황하거나 좌절하기보다 잠시 멈춰 주변을 살피고, 서로를 돕는 용기를 가지렴.

거짓말

아버지가 어릴 적부터 가장 강조하셨던 말은 언제나 "거짓말하지 마라."와 "남의 물건에 손대지 마라."였다. 그 가르침이 내 마음속 깊이 새겨지게 된 두 가지 사건이 있었다. 첫 번째 사건은 내가 대여섯 살쯤 되었을 때의 일이다. 그때 우리 집에는 몇 해 전 일본에서 사 온 멋진 카메라가 하나 있었다. 그날 동네 형, 누나들이 우리 집에 놀러 와 카메라를 신기한 듯 만지며 사진을 찍고 즐겁게 놀았다. 나보다 큰 형, 누나들이 우리 집 물건을 부러워하는 모습을 보며 내심 으쓱했다.

그날 밤, 문제가 터졌다. 아무 생각 없이 놀며 카메라를 신경 쓰지 않고 있었는데, 아버지가 집으로 돌아오셔서 카메라가 어디 있느냐고 물으신 것이다. 나와 누나는 덜컥 겁이 났고, 솔직하게 말하면 될 것을 왜 그랬는지 모르겠지만 화장실에 빠졌다고 둘러댔다. 아버지는 "그래? 화장실 한번 파 보자."라며 시늉을 하셨고, 우리는 겁에 질려 집 안을 배회하며 또 다른 거짓말을 이어 갔다. 결국 "저수지에 빠졌어요."라고 횡설수설 둘러대자, 아버지는 "그래? 그럼 저수지 물을 다 퍼 보자."라며 응수하셨다. 우리는 끝내 울음을 터뜨렸다. 아버지는 이미 우리의 거짓말을 알고 계셨던 것이다.

카메라는 감쪽같이 사라졌고, 우리는 행방을 알지 못한 채 잠이 들었다. 그런데 다음 날, 뜻밖에도 옆집에 살던 누나가 카메라를 우리 집 앞에 놓고 간 듯 보였다. '어제 제 동생이 욕심이 생겨 가져갔습니다. 따끔하게 혼내겠습니다.'라는 메모와 함께 카메라를 우리 집 앞에 살며시 두고 간 것이다. 그 일을 통해 남의 물건에 손을 대는 일과 거짓말은 절대 해서는 안 된다는 사실을 뼈저리게 깨달았다. 지금도 '거짓말'이라는 단어를 들으면 자연스레 그날의 카메라 사건을 떠올린다.

또 하나의 기억은 같은 동네에 살던 충호 형과 관련된 일화다. 그날은 동네에 결혼식이 있어, 대부분의 어른들이 모두 대구로 가고 평소보다 훨씬 조용한 일요일 오전이었다. 나보다 네 살 많은 형은 어릴 적부터 겁이 없었고, 어른 흉내를 내며 놀곤 했다. 어디로 튈지 모르는 엉뚱함과 당당함 때문에 재미있다가도 조마조마해지곤 했다. 그때 형이 말했다.

"진범아, 치킨 먹고 싶지 않아?"

나는 살짝 고개를 끄덕였다. 그런데 문제는, 치킨 한 마리에 만 원이라는 사실이었다. 우리가 돈을 어디서 구하겠는가. 그때 마침 동네에 차 한 대가 들어왔다.

"개 삽니다! 개 파이소."

바로 개장수였다.

그때 형의 눈빛은 초롱초롱, 머리는 반짝였다. 갑자기 어른인 듯 차를 세우더니 개장수와 이런저런 이야기를 나누기 시작했다.

"이 개가 사람을 자꾸 물어서, 우리 엄마가 팔래요."

개장수는 사실 여부를 묻지도 않았다. 오히려 시세보다 조금 싸게 산 듯, 기뻐하는 기색이었다. 그렇게 충호 형은 집에서 키우던 개 한 마리를 팔았다. 개가 불쌍했고, 해서는 안 될 행동을 하는 것 같아 마음이 괜히 걱정되었지만 금세 치킨을 먹을 생각에 마음이 들떴다. 그 돈으로 치킨을 시켜 먹었는데, 조용한 동네 한복판에서 먹는 그 맛은 말로 다 표현할 수 없을 만큼 특별했다.

치킨을 먹으며 한껏 들뜬 충호 형은 "다음 주에는 너희 집 진돗개를 팔아서 짜장면을 시켜 먹자."라는 거창한 계획도 세웠다. 사건이 여기서 끝났다면, 완벽한 범죄가 되었을 터였다. 하지만 거짓말은 결국 들통나기 마련이다. 치킨을 다 먹고 한가로이 놀고 있던 그때, 결혼식에서 돌아온 형의 엄마가 개를 찾으며 집 안 곳곳을 이리저리 둘러보셨다. 형은 얼버무리며 누가 가져간 것 같다고 둘러대었지만, 결국 방 안에 미처 치우지 못한 치킨 무가 발각되고 말았다.

"무슨 돈으로 먹었노?"

형은 끝까지 거짓말을 했다. 그러자 충호 형의 엄마는 내 쪽을 바라보며 다시 물었다. 아직 독하지 못했던 나는, 떨리는 목소리로 결국 "사실, 개 팔아서 먹었어요."라고 사실대로 고백했다. 그날 충호 형은 크게 혼이 났고, 거짓말을 끝까지 지켜 주지 못한 대가로 다음 날 나는 형에게 몇 대 맞았다. 그런데도 그때 솔직히 말한 나 자신이 자랑스러웠다. 지금은 그 일을 웃으며 이야기할 수 있는데, 아마 그 때 죄책감을 덜어 냈기 때문일 것이다. 그 이후로 살아오면서 아버지의 '거짓말하지 마라'는 말을 소신껏 지키며 살고 있다. 분명한 것은 거짓말은 결국 불편을 만들고 들통나기 마련이라는 사실이다.

아들아,

아빠는 솔직함을 선택하는 용기가 삶을 살아가는 큰 힘이 된다는 걸 배웠단다. 살다 보면 가끔 솔직하게 말하기 어려울 때가 있고, 숨기고 싶은 마음이 들 때도 있을 거야. 하지만 그럴 때마다 네가 진심으로 선택했던 작은 경험들을 떠올리며, 정직한 마음이 주는 뿌듯함을 기억했으면 좋겠다.

황새의 무게

어릴 적 학교 앞 개울은 우리들의 놀이터였다. 여름이면 수업이 끝나기가 무섭게 달려가 차갑고 맑은 물에 발을 담근 채 세상 부러울 것 없는 행복을 누리곤 했다. 풀들은 무성하게 자라 들판을 덮었고, 흐르는 물을 가만히 바라보면 마음이 차분해지던 그런 날들. 그날도 그렇게 한여름의 풍경 속에서 시작되었다. 우리는 물장구를 치고, 미끄러운 돌 위를 뛰어다니며 햇살과 물에 흠뻑 젖었다. 그러던 중, 장난기 가득한 누군가가 돌멩이를 번쩍 들며 장난스럽게 외쳤다.

"우리 저 황새 맞혀 볼래?"

눈앞에는 흰 몸에 검은 날개, 길고 붉은 부리와 다리, 우아하게 긴 목을 가진 큰 황새가 다리만 살짝 물에 잠긴 채 개울에서 물고기를 잡고 있었다. 그 말을 듣고 우리는 한두 명씩 돌을 집어 들고, 황새가 서 있는 근처로 최대한 눈에 띄지 않게 조심스레 다가갔다. 제대로 맞히기 위해서였다. 황새는 처음에는 우리를 힐끔힐끔 바라볼

뿐, 계속해서 물고기 사냥에 집중하는 듯했다. 가장 힘이 센 친구가 한 손에 묵직한 돌을 들었다.

"내가 먼저 보여 줄 테니까 눈 크게 뜨고 봐!"

그러고는 야구 투수 흉내를 내며 힘껏 던진 돌은 정확히 황새의 몸통을 강타했다. 둔탁한 소리와 함께 황새는 순간적으로 날개를 퍼덕였지만, 곧 아무 소리 없이 풀썩 주저앉았다. 소리도, 울음도 없었다. 생명이 꺼지는 그 순간은 너무도 고요했다. 개울물 소리마저 멎은 듯, 우리는 얼어붙었다. 웃음은 꺼지고, 숨이 막히며 눈앞이 아찔했다. 돌을 던진 친구의 얼굴은 창백하게 질렸고, 나머지 우리도 그 자리에 서서 한 발짝도 움직이지 못했다. 그것은 곤충을 장난삼아 잡던 것과는 차원이 달랐다. 황새는 크고, 따뜻하고, 살아 있던 존재였다.

"어떡하지…?"

"움직이지 않아. 이미 죽은 것 같아."

우리는 서로 눈빛만 주고받다가, 황새를 묻어 주기로 했다. 삽은 없었고, 작은 손으로 흙을 파낼 수밖에 없었다. 손톱 밑으로 흙이 잔뜩 끼었고, 팔꿈치까지 흙투성이가 되었지만 멈출 수 없었다. 나뭇가지를 삽 삼아 작은 구덩이를 파고 풀잎으로 새의 몸을 감싸 살포시 덮어 주었다. 종교는 없었지만 마지막 예를 다하듯 조그만 나뭇가지를 십자가처럼 꽂고, 다 함께 두 번 절을 올렸다. 나는 "잘 가라. 좋은 곳으로 가라."는 짧은 메시지를 낭독했고, 우리는 모두 고개를 숙였다. 그 순간의 짧은 침묵 속에서 처음으로 '생명의 무게'라는 것을 어렴풋이 깨달을 수 있었다.

그날 밤, 하늘은 분노한 듯 굵은 빗줄기로 창문과 지붕을 세차게 두드렸다. 비가 얼마나 쏟아지던지 황새의 무덤이 걱정되었다. 다음 날 아침, 걱정스러운 마음으로 개울로 달려갔을 때, 무덤은 사라지고 없었다. 불어난 물살에 흙더미도, 십자가도, 모두 떠내려간 것이다. 마치 애초에 없었던 일처럼. 학교에서 우리 남자아이들은 평소와 다르게 말이 없었다. 여느 때 같으면 떠들썩하게 장난을 치고 운동장을 뛰어다녔겠지만, 쉬는 시간에도 모두가 한쪽에 모여 앉아 조심스럽게 어제의 이야기를 나누었다. 그날은 수업이 끝난 뒤 개울이나 운동장으로 달려가지 않고, 각자의 집으로 발걸음을 돌렸다. 집으로 돌아가는 길의 햇살도 유난히 차분해 보였다.

세월이 흘러 어른이 된 지금, 나는 아들을 키운다. 아들은 이곳저곳 뛰놀며 살아 있는 모든 것들을 신기한 눈빛으로 바라본다. "아빠, 이거 뭐야?"라며 몇 번이고 해맑게 묻는 모습이 참 귀엽다. 혹시라도 내 아들이 무심코 돌을 던져 누군가의 생명을 해치지 않을까 걱정될 때, 차분히 말한다.

"생명은, 어떤 것이든 소중한 거야."

그 말은 단순한 훈육이 아니다. 그것은 황새의 마지막 눈빛, 빗속에 떠내려간 작은 무덤 그리고 친구들이 고개를 숙였던 그 여름날의 장면을 담은 이야기다.

봄날의 부락대항

초등학교 시절, 봄이 오면 어김없이 찾아오는 큰 행사가 있었다. 바로 마을별 부락대항이었다. 근처 마을 두세 곳을 묶어 네 개 팀을 만들었고, 학생 수를 비슷하게 맞추다 보니 매 경기마다 승부가 팽팽했다. 그 규모와 분위기는 마치 면민 체육대회라고 불러도 손색이 없을 만큼 컸고, 웬만한 올림픽 못지않게 열기가 뜨거웠다.

초등학교 저학년이었을 때는 학생 수가 100명이 훨씬 넘어 운동장은 재잘거림과 발걸음으로 가득 찼다. 학년이 올라가 5학년이 되었을 무렵에는 학생 수가 줄어 인근 분교 학생들까지 합쳐야 했지만, 여전히 부락대항 날만큼은 운동장이 꽉 찼다. 그날은 학생들만의 행사가 아니었다. 학부모는 물론, 동네 어르신들까지 함께 참여하였다. 봄 농사철이라 바빴던 부모님도 그날만큼은 모든 것을 내려놓고 운동장으로 모여들어 아이들을 응원해 주셨다. 부락대항을 몇 주 앞두고, 주말이고 밤이고 학생들은 마을회관 앞에 모였다. 계주 연습을 위해 순번을 정해 뛰었고, 기마전 연습을 할 때면 장난 반, 진심 반으로 몸싸움도 벌였다. 옆 마을 친구들은 밤인데도 자전거를 타고 우리 마을로 달려왔고, 서로 숨이 차 헉헉거리면서도 "한 번만 더 뛰자"며 다시 자리에 섰다. 그때의 땀 냄새, 서로의 등을 두드리며 외치던 응원 소리는 여전히 귀에 들리는 듯하다.

대회 당일, 운동장은 열기로 가득했다. 만국기와 응원 깃발이 펄럭이며 북적이는 운동장은 그야말로 축제였다. 소문을 듣고 찾아온 장터 상인들은 솜사탕과 장난감 등 아이들이 좋아할 만한 것을 팔았고, 그날만큼은 부모님, 마을 어르신들이 사 달라는 간식과 장난감을 아낌없이 사 주셨다. 학생들은 흙바닥을 맨발로 내달렸고, 누구 할 것 없이 목청껏 응원했다. 북소리와 꽹과리 소리가 울려 퍼지면 아이들의 발걸음은 한층 더 빨라졌다.

"우리 마을이 이겨야 한다!"

아이들의 함성에 맞춰 어르신들은 손뼉을 치며 환하게 웃었다.

"그래, 우리 마을이 최고야!"

부모님들은 팔짱을 낀 채 기대 어린 표정으로 경기를 바라보다가, 아이들이 앞서 나가면 눈이 반짝였다. 이기면 함께 웃고, 지면 함께 아쉬워하며 서로를 다독였다. 그날만큼은 마을 전체가 하나의 가족 같았다.

계주와 줄다리기는 어른이 되어서도 짜릿하고 흥미로운 경기다. 그 시절에도 역시 최고의 장면으로 기억된다. 계주에서는 마지막 바통이 오가는 순간마다 운동장이 숨을 죽였고, 아이들의 발걸음 하나하나에 모두의 가슴이 쿵쿵 뛰었다. 누가 앞서 나가나, 누가 뒤집을 것인가. 아슬아슬한 승부에 손에 땀이 날 정도였다. 줄다리기 역시 마찬가지였다. 양쪽에서 목청껏 외치는 구호와 함께 밧줄이 꿈틀거릴 때면 땅마저 울리는 듯했고, 승패가 갈리는 순간 터져 나오는 환호성은 운동장을 뒤흔들었다. 그 열광 속에서 뜨겁게 봄날을 만끽했다.

특히 6학년 때의 부락대항이 떠오른다. 이제껏 한 번도 우승한 적이 없던 신평면의 작은 분교가, 그날은 본교의 다른 팀들을 모두 제치고 1등을 차지했기 때문이다. 학생 수도 적고, 특별히 운동 신경이 뛰어난 아이들도 없었지만, 분교팀은 모든 예상을 완전히 뒤엎었다. 단체 줄넘기에서는 다른 팀의 두 배가 넘는 횟수를 기록하며 숨소리 하나까지 맞췄고, 줄다리기에서는 놀라운 기술과 전략으로 모든 팀을 무너뜨렸다. 오롯이 협동심으로 빈자리를 메운 듯했다. 마지막 승리가 확정되는 순간, 운동장은 환호로 가득 찼다. 뒤늦게 알게 된 사실이지만, 내년이면 폐교될 예정이던 작은 학교였기에 선생님들까지 밤낮으로 함께 마음을 모아 주셨다고 한다. 학생과 교사가 한마음이 되어 학교의 명예를 마지막으로 화려하게 장식하고 싶었던 것이다. 그날의 승리는 기록으로 남아 있지 않지만, 작은 학교의 아이들과 선생님이 함께 만들어 낸 기적 같은 순간이었다.

부락대항은 학생들의 체육 경기만으로 끝나지 않았다. 어르신들을 위한 특별한 시간도 있었다. 운동장 한쪽에 매트를 세워 놓고, 어르신들이 낚싯대를 잡고 줄을 드리우면 매트 뒤에서 학생들이 과자나 휴지 같은 생필품을 무작위로 걸어 주었다. 그러면 건져 올린 어르신들의 얼굴에는 월척이라도 잡은 듯 아이들 못지않게 환한 미소가 번졌다. 그 모습은 참으로 따뜻하게 기억에 남아 있다. 하지만 지금은 다 사라졌다. 다니던 중학교는 이미 오래전 폐교가 되었고, 초등학교 전교생도 손가락으로 꼽을 만큼 줄어들었다. 봄마다 울려 퍼지던 웅성거림과 환호성은 이제 없다. 운동장은 고요히 비어 있고, 나뭇잎 사이로 스치는 바람만이 그 시절의 함성을 대신하고 있다.

그 시절 부락대항은 단순한 운동 경기가 아니었다. 마을이 함께 살아가고 있음을 확인하는 자리였고, 어린 우리에게는 공동체의 따뜻함을 몸으로 배우는 시간이기도 했다. 힘차게 응원하며 함께 뛰고 웃던 그 순간들. 지금은 사라졌지만, 마음속에서는 봄날의 햇살처럼 환하게 살아 있다. 가끔 그날들이 몹시 그립다. 다시 돌아갈 수 없다 해도 그 시절의 봄은 언제나 부락대항의 함성과 함께 영원히 기억될 것이다.

아들아,

아빠는 어릴 적 부락대항을 통해 공동체의 힘과 따뜻함을 배웠단다. 이기면 함께 기뻐하고, 지면 서로를 위로하며, 함께 뛰고 도우며 성장하는 경험이었지. 결국 중요한 건 승패가 아니라, 서로 협력하고 마음을 나누는 시간이었단다. 아들아, 인생도 마찬가지란다. 혼자가 아닌, 함께할 사람을 믿고 의지하며 살아갈 때 어려움도 이겨 낼 수 있어. 승패보다 중요한 건 함께하는 마음과 경험 그리고 서로를 배려하는 자세란다.

한순간의 오토바이

초등학교 5학년 때였다. 그날의 기억은 머릿속에 생생하다. 네 살 터울인 충호 형은 나에게 동경이자 두려움의 대상이었다. 매일 형과 놀다 보면 하루를 울면서 끝낸 적도 많았지만, 그 시절 동네에서 놀 사람이 많지 않았던 만큼 형과의 시간은 가장 재미있고 의미 있는 하루였는지도 모른다. 그날은 충호 형의 친구가 우리 동네에 놀러 와 함께 어울려 놀았다. 나도 자연스레 그 자리에 끼었고, 시간이 늦자 형 부모님의 오토바이로 옆 마을까지 데려다주기로 했다. 옆 마을에 사는 형의 친구를 뒤에 태우고, 체구가 작던 나는 핸들 앞에 쪼그려 앉아 타라고 했다. 탈까 말까 잠시 망설였지만, 결국 앞자리에 올라탔다. 바람을 가르며 달리는 오토바이는 그 나이의 나에게 짜릿한 경험이었고, 마치 세상 어디든 달려갈 수 있을 것만 같았다.

어스름한 저녁, 충호 형은 일부러 좋지 않은 길로 오토바이를 이리저리 몰며 무섭게 운전했다. 그 순간조차 우리는 오히려 재미있게 느졌다. 마을에 거의 도착할 무렵, 앞에서 작은 다마스 차량이 다가왔고, 순간 중심을 잃었다. 핸들이 흔들리며 오토바이는 차에 부딪혀 도로 옆 배수로로 날아갔다. 나는 순간 기절했다가 이내 눈을 떴다. 그러나 입은 심하게 찢어져 부풀어 올랐고, 피비린내가 퍼졌다. 정신은 멀쩡했지만 마음은 겁에 질려 울먹였다. 쾅 하는 소리에 사람들의 발걸음이 모여들었고, 숨을 고르기도 전에 어른들의 다급한 목소리 사이로 119 신고 소리가 들려왔다. 곧 사이렌 소리가 가까워지고, 붉은 불빛이 눈앞을 가르며 달려왔다. 구급대원들이 서둘러 들것을 펼치고 우리 쪽으로 달려왔다. 다행히 우리 셋은 큰 부상을 입지는 않았고, 달려온 구급대원이 "어디가 제일 아파요?"라고 물었다. 충호 형은 온몸이 욱신거린다고 했고, 나는 입을 감싸 쥔 채 제대로 말할 수 없었다. 뒤에 타고 있던 충호 형의 친구는 구급대원이 "병원에 가야 한다"고 말해도 듣지 않았다. 피를 흘리면서도 끝내 병원 대신 집으로 절뚝절뚝 걸어갔다. 부모님께 혼날까 봐서였다.

이 상황이 너무나 무서웠고, 아픔보다 두려움을 안고 구급차 안으로 옮겨졌다. 차 문이 닫히자 바깥의 소란은 차단되고, 대신 기계음과 무전 소리가 귓가를 채웠다. 몸은 아팠지만, 더 큰 불안은 앞으로 무슨 일이 일어날지 모른다는 막막함이었다. 흔들리는 구급차 안에서 부푼 입을 감싸고 가쁜 숨을 쉬며 하얀 천장만 바라보았다. 소식을 들은 부모님은 곧 병원으로 달려오셨고, 병원 응급실에는 온 가족이 모였다. 안도와 분노, 슬픔이 뒤섞인 그 밤, 부모님들 사이의 언쟁은 내 마음을 더욱 복잡하게 만들었다. 병원은 의외로 조용했고, X-ray를 찍는 시골 병원 의사는 오랜만에 맞는 응급환자 탓인지 어색하고 긴장한 기색이 역력했다. 다행히 다른 곳은 특별히 이상이 없었고, 입 주위를 몇 바늘 꿰맸다. 이후 입이 너무 많이 부어 밥을 먹을 때 입을 벌리기조차 힘들었고, 며칠 동안은 얼굴이 퉁퉁 부은 채 학교에도 가지 못했다. 며칠 뒤 잠시 학교에 들러 선생님을 찾아뵈었을 때, 선생님은 단호하게 말씀하셨다.

"살아서 돌아왔네? 앞으로 오토바이 절대 타지 마라."

그 말은 깊은 울림으로 다가왔다. 사고 이후 오토바이가 지나가기만 해도 무서웠고, 오토바이를 타는 일은 나에게 트라우마가 되었다. 순간의 쾌락이 몇 초 만에 사고로 이어질 수 있다는 사실이 뇌리에 깊이 새겨졌기 때문이다. 그날을 떠올릴 때마다 생각한다. 만약 그때 타지 않았다면 놀다가 아마 집에 평범하게 걸어 들어왔을 것이고, 저녁을 먹고 내일 있을 숙제를 하며 또 다른 평범한 하루를 보냈을 것이다.

하지만 그날 나는 오토바이를 탔다. 그 선택은 나를 다치게 했고, 며칠 동안 병원과 집을 오가며 치료를 받아야 했다. 그 기억은 아프지만, 덕분에 선택 뒤에 따라오는 결과를 일찍 경험했다. 위험 속의 쾌락과 짜릿한 유혹이 좋은 결과로 이어지지 않는다는 사실을 배우게 되었다. 그날의 푸르렀던 들판, 배수로 옆 들꽃, 병원 창문 너머로 비치던 노을빛이 떠오른다. 아름다웠지만 아팠던 그 여름. 어른이 된 이후, 지금껏 오토바이를 타지 않는다.

아들아,

'종합병원에 가고 싶으면 오토바이를 타라'는 말이 있다. 외과, 치과, 피부과 등 여러 곳을 한번에 가게 된다는 뜻이겠지. 살아가다 보면 누군가에 이끌려 오토바이를 타는 순간처럼, 위험한 선택 앞에

서게 될 때가 있을 거야. 모두가 순간의 쾌락에 뛰어들 때, 잠시 멈춰 서서 '이게 괜찮을까?' 하고 스스로에게 물을 수 있는 용기를 가지렴. 멋진 일은 무모함에서 나오는 것이 아니라, 깊이 생각할 때 자라나는 법이란다.

불장난의 기억

2025년 3월, 내 고향 의성군 안평면에서 대형 산불이 발생했다. 성묘객의 부주의로 시작된 작은 불씨 하나가 순식간에 들불처럼 번졌다. 의성의 산을 넘어 안동, 영양, 영덕까지 삽시간에 퍼지며 약 4만 5천 헥타르의 면적과 수십 채의 가옥을 삼켰다. 결국 재난 사태가 선포되었고, 대한민국 산불 역사상 '최대 규모'라는 불명예가 고향에 씌워졌다.

사무실의 배려로 3일간 특별 휴가를 받아 고향으로 지원을 나갔다. 그곳에서 본 풍경은 충격 그 자체였다. 불길은 산 아래 우리 집 자두나무를 모두 태워 버렸고, 마을 담벼락까지 스며들어 있었다. 산허리를 타고 번져 내려오는 불길은 마치 살아 있는 괴물 같았고, 바람을 등에 업고 더욱 맹렬히 몰아쳤다. 검은 연기가 하늘을 뒤덮어 낮조차 밤처럼 어둡게 만들었다. 소방차 사이렌과 물을 뿌리는 헬리콥터의 굉음, 화염과 맞서는 사람들의 절박한 외침이 뒤섞였다. 전국의 소방관과 봉사단체가 우리 지역 지원에 나섰지만 역부족이었다. 그때 동네 할머니들은 불편한 허리를 붙잡고 입술을 깨물며 잔불을 잡기 위해 연기에 휩싸인 산길을 기어올랐고, 나 또한 주저 없이 뒤따라 올라갔다. 모두가 하나의 마음으로, 너 나 할 것 없이 깔꾸리를 들고 산을 기어올라 불을 잡으려 애쓰던 모습이 생생하다. 흙을 덮고, 경운기에 고압 호스를 연결하여 물을 퍼부었지만, 불은 쉽게 꺼지지 않았다. 바람을 타고 불씨가 날아가면 새로운 곳에서 또다시 불꽃이 피어났다.

불과 맞서던 순간, 어린 시절의 기억이 문득 떠올랐다. 초등학교 시절, 친구들과 산에 올라 군고구마를 구워 먹겠다며 라이터를 들었다. 그때 우리에게 산은 위험한 공간이 아니라 비밀 아지트 같은 곳이었다. 비료 포대와 넓적한 나무판을 구해 잔디 썰매를 타기도 하고, 여름에 쓸 뗏목을 만든답시고 멀쩡한 나무를 베기도 했다. 그날은 '군고구마를 구워 먹으면 얼마나 재미있을까? 불을 피우면 따뜻하겠지?'라는 상상과 들뜬 기대만 가득 차 있었다. 불을 지필 자리를 잡고 준비해 온 낫으로 억새를 싹 베어 낸 뒤, 얕은 구덩이까지 파 그럴싸한 '고구마 화덕'을 완성했다. 겨울 산은 이미 마를 대로 말라 있었다. 바람에 바스락거리며 부서지는 낙엽들은 불이 닿기만을 기다리던 화약 같았다. 불이 떨어지자마자 타닥타닥, 낙엽이 울부짖는 소리가 사방으로 퍼졌다.

그 순간, 우리는 모두 얼어붙었다. 어른들을 부르기에는 산속이 너무 멀었고, 불은 이미 번지고 있었다. 도망가거나 가만히 있으면 산 전체가 삼켜질 것만 같았다. 서로 눈치를 보던 우리는 누구 하나 주저하지 않고 점퍼를 벗어 불 위에 내리치고, 발로 낙엽을 차며 불길을 밀어냈다. 친구 한 명은 몇 시간 전까지만 해도 새 오리털 점퍼를 샀다고 자랑했지만, 망설임 없이 벗어 불길을 향해 내리쳤다.

그 순간 우리에게 남은 것은 오직 하나였다. 불을 끄겠다는 마음, 일심동체의 의지였다. 물러설 여유도 없었다. 더 큰 화를 막으려면 우리가 직접 나서야만 했다. 겁에 질린 얼굴이었지만, 서로의 눈빛에는 굳은 결의가 서려 있었다.

"이쪽 잡아! 불씨 튄다!"

"덮어, 빨리 덮어!"

눈과 코에는 연기가 스며들어 숨 쉬기조차 힘들었고, 손바닥이 뜨겁게 데어 눈물이 절로 흘렀다. 그렇게 한참 몸부림친 끝에 불이 겨우 잦아들었고, 남은 것은 타다 만 낙엽과 매캐한 연기뿐이었다. 불이 어느 정도 꺼졌을 때, 산 아래에서 하늘 위로 피어오르는 연기를 본 어른들이 물통을 들고 허겁지겁 뛰어 올라왔다.

"이게 무슨 일이냐, 겁도 없는 놈들. 큰일 날라고 산에 불을 냈나?"

"남의 조상 묘까지 다 태워 먹을라 하나?"

호되게 혼이 났지만, 무서움보다는 우리가 불을 껐다는 안도의 한숨이 먼저 나왔다. 그날의 뜨거운 공기와 불길의 기세, 서로의 두려운 눈빛이 또렷이 되살아난다.

현재 나는 창원시에서 재난 업무를 담당하며 시민의 생명을 지키는 방재안전 공무원으로 일하고 있다. 재난은 예고 없이 찾아오고, 그 현장을 마주할 때면 인간이 얼마나 무력한지 뼈저리게 느낀다. 화재나 대형 사고 등 다양한 위험 속에서 시민의 안전을 지켜야 한다는 책임감은 늘 책임의 무게를 동반한다. 어린 시절에는 단순한 불장난에 그쳤지만, 지금은 작은 불씨 하나가 얼마나 참혹한 결과를 불러올 수 있는지 잘 안다. 방재 업무를 맡은 이후, 재난의 무서움을 이전보다 훨씬 가까이에서 체감한다. 돌아보면, 어릴 적 장난과 2025년 의성의 대형 산불은 서로 다른 시간에 놓여 있지만 결국 같은 진실을 말하고 있었다. 자연 앞에서의 경외심, 작은 불씨 하나에도 조심해야 한다는 것. 그것이 내게 남은 교훈이었다.

그날의 폭력은 끝났다

유치원 때부터 중학교 3학년까지 같은 반에서 지낸 친구들 사이에는 크고 작은 싸움이 자주 있었다. 아무도 학교 폭력이라 여기지 않았던, 티격태격 자라던 과정이었던 것 같다. 싸움에서 지면 속상했지만, 이겨도 마음은 편하지 않았다. 내가 이기면 친구는 울고, 나는 죄책감이 들었기 때문이다. 싸우다 보면 마음에도 없는 말을 내뱉게 되었고, 그 말에 상처 입은 친구를 보면 이겼다는 쾌감보다 미안함이 먼저 찾아왔다. 시간이 흐를수록 그 모든 싸움이 얼마나 어리석었는지 알게 되고, 한 번 더 참고 배려하는 법을 자연스럽게 배운 것 같다.

학교에는 나보다 한 살 어린 동생이 있었다. 키도 비슷했고, 늘 장난을 치며 나를 자극했다. 중학생 형을 믿고, 한 살 형들을 만만하게 보고 함부로 대하는, 무서울 것 없는 아이였다. 내가 화가 나 한 대 치면 그는 꼭 나보다 나이가 많은 중학생 형에게 알렸다. 그 형은 그 일로 나를 산과 들로 끌고 다니며 괴롭혔다. 부모님께 말하고 싶었지만, 돌아올 보복이 두려워 입을 열 수 없었다. 며칠이 지나면 그 동생은 또 시비를 걸어왔고, 나도 참지 못하고 부딪혔다. 싸움은 끝없이 반복되었다. 동생을 지키려는 마음은 이해했지만, 그 형의 보복이 두려워 우리 학년 친구들 중 누구 하나 쉽게 나서지 못했다. 그 동생이 선을 넘어도 따끔한 말 한마디 건넬 수 없었고, 속상함만 마음속에 쌓여 갔다.

내가 중학생이 되고, 그 형이 고등학생이 되었을 때도 끝나지 않았다. 그 동생과 사소한 말다툼이 있었던 것으로 기억하는데, 그 형이 먼 마을에서 우리 집까지 찾아왔다. 엄마가 계셨는데도 나를 마당으로 불러내어 때리려 했다. 지켜 줄 어른이 있는 자리에서도 폭력을 서슴지 않으려 했던 그 순간은 지금까지도 큰 충격으로 남아 있다. 딱히 이유도 없이 이렇게 찾아왔다는 사실이 더 큰 두려움으로 다가왔다. 그래서인지 그 일이 어떻게 수습되었는지조차 아직도 기억나지 않는다.

며칠 뒤, 그날도 어김없이 친구들과 놀고 있을 때였다. 하늘은 잔뜩 흐렸고, 바람은 거세게 불어 나뭇가지가 흔들리며 운동장의 흙먼지가 날리고 있었다.

"야, 오○○이다! 도망가자."

친구 중 한 명이 떨리는 목소리로 외쳤다.

"야, 네들 다 이리 온나!"

무서운 목소리가 바람을 가르며 가까워졌다. 그의 그림자가 점점 커지며 다가왔다. 심장은 터질 듯이 쿵쾅거렸고, 손바닥은 땀이 났다. 이미 늦었다는 직감이 들었다. 그때 그의 날카로운 눈과 마주쳤다. 그는 놀던 우리 또래들을 학교 뒤 우체국 공터로 몰아세우고, 욕설을 섞어 가며 한 명씩 취조하듯 물었다.

"여기서 내 동생 최근에 때린 사람 있나? 없나?"

우리는 떨리는 목소리로 "없다"고 했지만, 그는 우리를 바닥에 엎드리게 했다. 순간 온몸이 얼어붙는 느낌이 들었고, '오늘도 한 대 맞겠구나' 하고 생각했다. 그때 마침 멀리서, 우체국 일을 보고 오신 아버지의 뒷모습이 시야에 들어왔다. 마음속에 작은 희망이 스며드는 순간, 나는 떨리는 목소리로 외쳤다.

"아빠! 아빠! 이 형이 우릴 때리려 해요!"

순간, 시간이 멈춘 것처럼 주변이 고요해졌다. 아빠는 땅을 울리듯 터벅터벅 걸어와, 단호한 눈빛으로 그 형 앞에 섰다. 바람마저 멈춘 정적 속에서 아빠의 존재감은 온몸을 압도했다.

"너 어디 살어? 너희 아빠 이름이 뭐냐?"

"……."

낮고 엄중한 아빠의 목소리에는 사방을 압도하는 힘이 있었다.

"너희 아빠 잘 아는데. 가서 말해 줄까? 네가 나쁜 짓 하고 다닌다고? 싸우려면 네 또래들이랑 싸우지 왜 중학생을 괴롭히고 있노?"

그 형은 바로 고개를 숙였다.

"죄송합니다."

아버지의 한마디에 그 형도, 친구들도 숨을 죽였다. 심장은 터질 듯이 뛰었지만 동시에 안도감이 차올랐다. 그날 처음, 단호한 권위가 폭력보다 강할 수 있음을 깨달았다. 아빠는 그 사건을 그 형의 부모님에게 알리지 않고 그냥 눈감아 주셨다.

뒤늦게 알게 된 사실이지만, 그 형은 우체국 사건 이후 집에서 자신의 부모님에게 말할까 걱정스러워했다고 한다. 이후로 나와 내 친구들을 보러 오는 일은 없었고, 두려웠던 폭력은 더 이상 일어나지 않았다. 그 동생과의 싸움도 끝났다. 내가 그를 피했듯, 그도 나와 마주치는 것이 어색하고 껄끄러웠던 것은 아닐까.

아들아,

세상 어디에도 자식이 위험에 처했는데 가만히 있는 부모는 없어. 부모는 네가 다치지 않고 건강하게 지내길 바랄 뿐이란다. 혹시 너나 주변 친구가 학교에서 폭력을 겪거나 목격한다면 반드시 누군가에게 말해야 한다. 선생님이나 믿을 수 있는 어른들은 생각보다 훨씬 든든한 존재란다. 어른의 역할은 바로 너희를 지켜 주는 거야.

허리 굽은 봄날

햇살 쨍한 날,
아지매들이 쪼그려 앉아 마늘을 뚫는다.

하얀 비닐 위에
하나, 또 하나 속살을 드러내고,
굳은 손끝에는
세월이 배어 있다.

말소리는 바람에 흩어지고
눈은 끝내 마늘을 놓지 않는다.

옹기종기 모인 뒷모습,
문득 가슴이 아려 온다.

엄마의 허리도
오늘은 더 굽어 보인다.

나는 그 모습을 보며
살아간다는 것의 무게와
견디는 시간의 깊이를 배운다.

Chapter 2.

조금씩 커 가는 마음
: 웃음과 눈물 사이

처음 본 푸른 구장

2001년, 중학교 1학년 때의 일이다. 우리 시골 동네에도 작은 학원이 하나 있었는데, 그 학원에서는 가끔 특별한 이벤트를 마련해 주곤 했다. 지금도 잊을 수 없는 날이 있다. 학원에서 야구장을 데려가 주기로 한 것이다. 중학교 1학년, 내 생애 처음으로 야구장을 가게 된 날이었다. 이때까지 대부분의 친구들 역시 야구장을 한 번도 가 본 적이 없었다. 전날부터 설렘은 하늘을 찔렀고, 대구 시민야구장에 도착했을 때 눈앞에 펼쳐진 거대한 구장은 그 자체로 웅장하게 느껴졌다. 나는 대구·경북을 연고로 하는 삼성 라이온즈의 팬이었다. TV 화면 너머로만 보던 선수들이 내 눈앞에 있다는 사실이 믿기지 않았다. 그날 특히 기억나는 장면은 경기 전, 마르티네스라는 용병 선수가 환하게 웃으며 우리 관중석에 인사해 주던 순간이다. 가까이 다가와 머리를 쓰다듬어 주었는데, 그 다정한 손길이 유난히 따뜻하게 느껴졌다. 그 선수의 작은 팬 서비스는 내 평생 잊지 못할 장면으로 남았다. 이후 그가 타 팀으로 이적하고, 몇 년 뒤 우리나라를 떠난 뒤에도 내 마음속에서만큼은 특별한 선수로 자리하고 있다.

그 시절 야구장은 지금처럼 관중도 많지 않았고, 화려한 응원 문화도 자리 잡지 않았던 때였다. 하지만 그날의 함성과 열기는 내 가슴을 완전히 사로잡았다. 파울볼이 날아오면 친구들과 함께 주워 보겠다며 달려가기도 했고, 좋아하는 선수가 타석에 들어서면 목이 터져라 응원하곤 했다.

전광판 뒤 작은 매점에서 아이스크림을 사 서로 나눠 먹고, 1루석에서 3루석까지 뛰어다니며 사람들 구경하는 재미도 쏠쏠했다. 또 원정석에 있던 우리에게 이미 얼큰하게 취한 아저씨들이 “너희 누구 팬이냐?”라고 물으셨고, 우리는 해태 팬으로 보이길래 재치 있게 “해태 팬입니다.”라고 답하자, 아저씨들은 “여기 와서 우리랑 같이 응원하자”며 음료수를 나눠 주셨던 재미난 기억도 있다. 처음 가 본 야구 경기는 엎치락뒤치락하며 손에 땀을 쥐게 했고, 결국 삼성 라이온즈가 짜릿한 승리를 거두었던 것으로 기억한다. 이후 학교가 끝나면 친구들과 축구를 하는 게 즐거움이었는데, 야구장에 다녀온 뒤로는 장비도 제대로 없었지만 그 열기를 이어받아 야구를 하곤 했다.

지금 내가 사는 집 근처에는 NC 다이노스의 홈구장이 있다. 걸어서 몇 분이면 닿을 정도로 가까운 거리다. 1년에 몇 번씩 야구장에 가기도 하지만, 이상하게도 그때만큼의 설렘은 없다. 하지만 NC 다이노스가 2025년 시즌 막판에 보여 준 와일드카드 진출을 보고, 나에게도 설렘이 생겼다. ‘기적’이라는 표현이 어울릴 만큼 놀라운 기록이었다. 정규 시즌을 5위로 마감하며 와일드카드 진출 마지막 티켓을 확보했는데, 그 과정에서 9연승이라는 폭발적인 무패 행진으로

극적인 반전을 만들어 낸 것이다. 또 얼마 전, 우리 아파트에 NC 다이노스 박민우 선수가 산다는 사실을 알게 되었다. 아파트 단지 내 그를 귀찮게 따라다니던 초등학생들에게도 하나하나 사인을 해 주고, 캐치볼까지 해 주는 그의 모습을 보고 놀랐다. 사실 그와의 인연은 몇 년 전 공항에서 시작되었다. 2017년, 공항에서 그와 다른 선수를 본 적이 있었는데, 다른 몇몇 선수들은 사진 촬영을 거절했지만 박민우 선수는 흔쾌히 사진을 찍어 주어 고마웠던 기억이 남는다. 나는 여전히 삼성 라이온즈를 응원하지만, 박민우 선수만큼은 승승장구하여 좋은 활약을 이어 갔으면 하는 바람이다. 아들이 요즘 부쩍 거실에서 타격 자세를 취하며 야구에 흥미를 보인다. 그런 모습을 볼 때면 마치 옛날의 내 모습이 겹쳐 웃음이 절로 난다. 아들은 자연스럽게 NC 다이노스 팬이 될 것 같다. 올해는 삼성 라이온즈와 NC 다이노스 경기를 직접 보러 가야겠다. 첫 야구장이 남긴, 잊을 수 없는 열정을 아들에게도 물려주고 싶기 때문이다.

짜장면 한 그릇

중학교 시절, 우리 반은 고작 16명 남짓이었다. 몇몇을 제외하면 대부분 부모님이 농사를 지으셨고, 생활 형편도 서로 크게 다르지 않았다. 토요일 오전 수업을 마치고 친구들과 집으로 돌아가던 길, 한 친구의 아버지가 우리를 향해 손짓하며 불러 세웠다. 대낮부터 술기운이 올라 얼굴은 벌겋게 달아올라 있었다. 우리는 이미 저만치가 있다가 자전거를 멈춰 세웠고, 아이들이 누구의 아들인지 훤히 아는 분이라 큰소리로 하나하나 이름을 불러 댔다.

"이 꼴통들, 수업 마쳤나? 다 와서 짜장면 한 그릇씩 먹어라!"

친구 아버지는 아들의 친구들에게 맛있는 짜장면을 사 주려고 하셨다. 그 시절 우리에게 짜장면 한 그릇은 특별한 음식이었다. 순간 모두의 얼굴에 웃음꽃이 피었지만, 한 사람만큼은 반갑지 않은 눈치였다. 바로 그 친구의 아버지였기 때문이다.

저 멀리서 아버지를 못 본 척한 채 멀찌감치 서 있던 친구는 중국

집으로 향하는 우리를 보며 "우리 아빠 돈 없다! 가지 마라! 가지 마라!" 하고 외쳤다. 친구가 소리쳤음에도 우리는 발걸음을 멈추지 않았다. 친구는 자전거 옆에 서서 잠시 우리를 바라보다가, 이내 고개를 떨구었다. 괜히 시선이 마주칠까 봐 우리는 일부러 뒤를 돌아보지 않았다. 중국집 간판이 가까워질수록 친구의 목소리는 점점 멀어졌고, 끝내 아무 소리도 들리지 않았다. 문을 여는 종이 짧게 울리자, 맛있는 냄새가 먼저 안으로 스며들었다. 우리가 자리를 떠난 뒤, 친구는 아마 조용히 집으로 돌아갔을 것이다.

"우리 아들은 왜 안 들어오노?"

친구 아버지가 둘러보며 묻자, 누군가 "배부른가 봐요. 안 먹는대요."라고 말했다. 순간 친구 아버지는 잠시 생각하는 듯 고개를 갸웃하더니 말했다.

"모두 몇 명이고? 다들 짜장면으로 먹을 거제? 탕수육도 시켜 줄게. 많이 먹고 가라!"

음식을 기다리는 동안, 친구 아버지와 함께 식사하던 옆자리 아저씨도 아는 분이었다. 우리의 이름을 한 번씩 불러 보시며 벌써 이렇게 컸냐며 호탕하게 웃으셨다. 그러더니 "너희 테이블 내가 쏜다!" 하셨고, 친구 아버지는 금세 "아니, 내 아들 친구들인데 내가 내야지!"라고 맞받아치며 장난스럽게 티격태격하셨다. 우리는 금세 같이 오지 않은 친구의 존재를 잊고, 깔깔거리며 짜장면을 기다렸다. 음식이 나오자, 우리는 짜장면에 얼굴을 파묻고 집중했다. 이따금 아저씨들의 농담이 들리면 고개만 끄덕이며 미소를 지을 뿐이었다. 그날 먹은 짜장면은 세상에서 가장 맛있게 느껴졌다. 토요일 오후, 계획에도 없던 특별한 요리를 맛보는 기쁨. 검은 춘장은 면발에 촉촉히 스머들고, 달콤한 향이 코끝을 스쳤다. 우리는 허겁지겁 그릇을 비우고, 기분 좋게 배를 두드리며 곧장 집으로 가지 않고, 오후 내내 뛰놀았다.

그러나 나이가 들고 보니 울부짖듯 소리치며 집으로 달려갔을 친구의 뒷모습이 한 번씩 내 마음을 건드린다. 아마 그 친구는 아버지의 지갑을 걱정했을 것이다. 자기 몫을 줄여서라도 아버지의 부담을 덜어 드리고 싶었을지 모른다. 정작 그는 누구보다 짜장면이 먹고 싶었을 텐데 말이다. 큰소리로 우리를 불러 세우던 친구 아버지 역시 아들 친구들 앞에서만큼은 멋진 아빠로 보이고 싶었던 가장이었을 것이다. 그 마음을 함께 떠올리다 보니, 그날의 기억은 입안에 씁쓸한 뒷맛처럼 배어 있다.

철없던 시절, 우리는 끝내 짜장면의 유혹을 뿌리치지 못했다. 나역시 짜장면 앞에서 한없이 작아지는, 순수한 소년이었을 뿐이다. 그때 먹고 싶은 마음을 조금만 더 참아 친구와 함께 놀았더라면, 아니면 친구까지 데리고 함께 먹었더라면 어땠을까. 토요일 따사로운 봄날, 면 소재지 중국집 앞에 풍기던 짜장면의 단내가 그립다. 그 향기는 어린 시절의 미안함과 훈훈한 우정을 함께 실어 나른다.

아들아,

철없던 시절, 친구와 함께 먹던 짜장면 한 그릇이 그렇게 맛있었던 기억이 있단다. 그때 친구가 자전거를 돌려 집으로 가 버렸지만, 그 이후 학교에서 미안한 마음으로 과자라도 함께 나눌 수 있었다면 얼마나 좋았을까 하고 가끔 생각하곤 해.

친구들과 함께 보내는 즐거운 시간 속에서 맛있는 간식이나 작은 놀이가 주는 기쁨은 참 소중하단다. 하지만 그보다 더 중요한 건, 친구를 생각하고 배려하는 마음이야. 조금만 신경을 써도 누군가에게는 큰 행복이 될 수 있단다.

다이빙 한 번의 값

장마가 한바탕 휩쓸고 간 뒤, 강물은 전혀 다른 얼굴을 하고 있었다. 평소에는 얌전하게 흐르던 물길이 그날만큼은 살아 있는 듯 힘차게 소용돌이쳤다. 우리 또래들은 이런 날이면 일부러 수영을 하러 갔다. 하천 상류에서 하류로 떠내려가며 스릴을 즐기고, 물살을 거슬러 오르며 온 힘을 다해 버티기도 했다. 몸을 던지는 순간, 물과 맞서는 놀이가 시작되었다. 위험이 있었지만, 그만큼 생생한 자유와 짜릿한 쾌감이 있었다.

중학교 2학년 여름, 그날 이후 나는 검은 물살 속에서 다시 물놀이를 하지 않았다. 며칠 동안 쏟아진 장대비로 동네 강은 범람 직전이었고, 누런 흙탕물이 요동치며 흘러내렸다. 그럼에도 우리는 그곳을 거대한 놀이터이자 롤러코스터라고 생각했다. 물가에 도착했을 때, 이미 한 학년 위 형들이 기대에 찬 표정으로 누가 먼저 다이빙을 할지 순서를 정하고 있었고, 나와 친구들도 자연스럽게 그 무리에 섞였다. 나 역시 얼른 뛰어들고 싶은 마음에 서둘렀다.

그때였다. 형 중 한 명이 장난삼아 물놀이 준비를 마친 기철이의 등을 불쑥 밀어 버렸다. 친구는 비명 한마디 지르지 못한 채 거센 물살 속으로 곤두박질쳤다. 차갑고 빠른 물살이 온몸을 감싸는 순간, 친구의 발바닥에 날카로운 통증이 번졌다. 폭우에 떠내려온 유리 조각 같은 날카로운 물체가 깊숙이 박힌 것이었다. 물살에 휩쓸린 기철이는 좀처럼 빠져나오지 못했고, 하천 하류 쪽에서 간신히 몸을 버티며 발을 붙잡고 괴로워하고 있었다. 상황이 장난처럼 느껴지지 않아, 우리는 모두 놀라 둑 아래로 급히 달려갔다. 기철이를 강가로 끌어냈을 때, 얼굴은 창백했고 입술은 파랗게 떨리고 있었다. 놀란 친구들의 숨소리가 그의 숨소리 사이로 겹쳐 들렸고, 발의 피는 좀처럼 멈추지 않았다. 그제야 우리는 상황이 얼마나 심각한지 깨달았다.

벗어 놓은 옷으로 상처를 감싸 보았지만 아무 소용이 없었다. 119를 불러야 했지만, 그 당시에는 아무도 휴대폰을 가지고 있지 않았다. 결국 나는 친구를 부축해 젖은 몸 그대로 자전거 뒤에 태우고 달렸다. 달궈진 아스팔트의 열기가 맨살에 전해졌지만 더위를 느낄 겨를도 없었다. 땀과 피 냄새가 뒤섞인 공기를 가르며 페달을 밟았다. 뒤에서 친구는 이를 악물고 신음을 삼켰고, 자전거는 덜컹거리며 위태롭게 흔들렸다. 단 한 번의 페달도 헛되지 않도록 집까지 가야 한다는 생각뿐이었다.

친구 집에 도착했을 때 부모님은 크게 놀라셨고, 상황의 심각성을 깨닫자 의성이 아닌 안동에 있는 큰 병원으로 바로 향하셨다. 결국 친구는 병원에서 봉합 수술을 받고 오랫동안 입원해야 했다. 의사

말로는 조금만 더 깊이 찔렸더라면 신경이 손상돼 평생 불편을 겪을 뻔했다고 했다. 친구가 학교로 돌아왔을 때, 매미 소리도 잦아들고 어느새 여름도 저물고 있었다.

세월이 흘러, 그 친구와 베트남으로 휴가를 가게 되었다. 공교롭게도 친구의 아들과 우리 아들의 나이가 같았고, 아내들 또한 친하게 지냈다. 가족끼리 며칠 동안 물놀이를 즐기던 중, 우리는 문득 그 시절 일이 떠올랐다. 그러고 보니, 그때 남은 흉터가 아직도 친구의 발에 선명하게 남아 있었다. 그날을 떠올리면 여전히 등골이 오싹해진다. 만약 내가 조금 더 빨리 준비해 먼저 밀렸더라면 사고의 주인공은 내가 되었을지도 모른다. 또 얼굴부터 떨어졌다면, 생각만 해도 아찔하다. 그날의 경험은 지금도 내 마음속에 경고처럼 되살아난다.

아들아,

작년 여름휴가 푸꾸옥 여행에서 "우리 가족 사랑해요!"라고 외치며 다이빙하던 너의 모습이 생각난다. 작은 몸으로 믿음 가득한 눈을 하고 아빠를 바라보며 물에 뛰어드는 모습이 얼마나 귀엽던지, 아직도 기분 좋게 기억이 나는구나.

하지만 꼭 기억해야 할 게 있단다. 물은 겉으로 평온해 보여도 속에는 우리가 모르는 위험이 숨어 있다는 것이다. 단 몇 초의 짜릿함이 평생의 후회가 될 수도 있단다. 진짜 멋진 사람은 위험을 알고 스스로 멈출 줄 아는 사람이라는 걸 기억하렴. 그것이 바로 진짜 용기이자 지혜란다.

내 인생의 두 선생님

나에게는 특별한 인연의 선생님들이 있다. 초등학교 3학년과 4학년 때 두 해 연속 담임이셨던 남재문 선생님 그리고 몇 년 뒤 중학교 3학년 때 담임이셨던 남정희 선생님이다. 두 분은 내 학창 시절의 가장 소중한 기억으로 남아 있다. 초등학교 시절, 남재문 선생님은 대구에서 매일 버스로 의성 시골 학교까지 출퇴근하셨다. 학교에 대한 애정을 가득 담아 "시골 학교 오는 게 마치 소풍 오는 것 같다"고 하시던 말씀은 마음이 따뜻해지던 순간이었다. 그 시절 우리 학년은 7차 교육 과정을 처음 적용받은 세대라, 초등학교 3학년 때부터 영어를 배우기 시작했다. 이미 연세가 좀 있으셨던 선생님은 새로운 교육 과정에 누구보다 열정적으로 임하셨다. 철없는 우리에게도 영어의 중요성을 강조하며, 직접 발음을 연습하고 가르쳐 주시던 모습이 생생하게 기억난다.

한번은 내 생일날이었다. 수업이 끝나기도 전에 몇몇 남자아이들과 몰래 학교를 빠져나왔다. 점퍼 속에 가방을 숨긴 채 자전거를 타고 냅다 집으로 달려갔다. 급식도 거를 만큼 마음이 급했다. 집에서는 친구들과 생일 파티를 하며 즐겁게 시간을 보냈지만, 시간이 지날수록 마음 한구석이 왠지 찜찜했다. 그러던 중, 오후가 한참 지난 뒤 학교에서 전화가 걸려 왔다.

"진범아, 많이 놀았지? 학교로 와라."

선생님의 목소리는 평소보다 단호하게 들렸다. 그제야 우리 마음이 덜컥 내려앉았다. 우리는 바로 교무실로 가지 못하고 학교 근처를 맴돌다가, 해가 저물 무렵인 다섯 시쯤에 교무실로 들어갔다. 교무실에는 선생님 혼자 앉아 계셨다. 당연히 혼나리라 생각했지만, 선생님은 빙긋 웃으시며 말씀하셨다.

"그래, 맛있는 거 많이 먹었니?"

그 한마디에 가슴이 철렁 내려앉았다. 혼내지 않으시고, 부드럽게 타이르시던 선생님의 눈빛은 잊히지 않는다. 그러고는 어두워지기 전에 찻길이 위험하니 우리를 안전하게 집으로 돌려보내셨다. 그날 선생님은 퇴근 시간도 뒤로한 채 우리를 기다리고 계셨던 것이다. 그때는 어리석던 나였기에 그런 사정을 헤아리지 못했지만, 철없는 제자들을 위해 혼자 남으셨던 그 시간이 얼마나 허무했을까 싶다. 지나고 나서야 깨달았다. 그날이 내 인생에서 가장 기억에 남는 생일이었다는 것을.

또 어느 토요일, 수학 공부가 부족한 몇몇 친구들과 함께 남아 나머지 공부를 했다. 선생님은 우리를 위해 토요일 오후까지 시간을 내며 특별 과외처럼 조금이라도 더 가르쳐 주려 하셨다. 하지만 토요일 수업은 원래 일찍 끝나는 날이었기에, 남은 친구들 모두 공부를 이어 가야 한다는 사실이 유난히 힘들고 속상하게 느껴졌다. 선생님도 일찍 퇴근하고 싶으셨을 텐데, 공부에 뒤처지는 우리를 보며 얼마나 답답하고 안타까우셨을까? 한참 뒤에도 공부 진도가 잘 나가지 않자, 선생님은 조용히 다가오셨다.

"그렇게 공부하기 싫으냐? 그래도 열심히 공부한 날이니, 맛있는 걸 먹고 힘내자."

선생님은 우리를 학교 근처 식당으로 데려가 짜장면을 사 주셨다. 지친 마음이 한결 가벼워졌고, 그때 느낀 따뜻함은 오래도록 기억에 남았다.

선생님은 정의를 세우고 약자를 보호하는 마음을 강조하셨다. 같은 반에 약한 친구가 있었는데, 평소 매를 잘 들지 않으셨지만, 그 친구를 괴롭히던 남자아이들이 있으면 항상 호되게 혼내 주셨다. 그때는 억울하게 느껴지기도 했지만, 몸이 불편한 친구를 먼저 챙기고, 어려움에 처한 친구를 함께 도와주라는 선생님의 그 말씀은 단순한 훈계가 아니라, 생활 속에서 실천하게 하는 진정한 가르침이었다.

그렇게 선생님은 내가 졸업하던 해에 우리 학교를 떠나 다른 학교로 전근을 가셨다. 시골 학교에서 2년 동안 우리를 가르쳐 주신 선생님은 떠나기 전 우리 반을 찾아오셨다. 한 명, 한 명 손을 잡고 악수하며, 중학교에 가서도 밝고 씩씩하게 자라기를 당부하시며 작별 인사를 건네셨다. 선생님과 함께한 기억은 어린 시절의 추억을 넘어, 인간을 존중하고 배려하는 법을 처음 배우게 해 준 순간들이었다.

중학교 2학년 때 만난 남정희 국어 선생님은 첫 발령을 우리 학교로 받아 오신 분이었다. 나중에야 알게 되었지만, 초등학교 시절 담임이셨던 남재문 선생님의 딸이었다. 참으로 신기한 일이었다. 남재문 선생님은 딸이 우리를 가르치게 되자, 우리 반 학생들의 특징과 이야기를 꼼꼼히 기억해 남정희 선생님께 전해 주셨다고 한다. 덕분에 선생님은 첫 만남부터 우리를 이해하며 관심과 사랑으로 대해 주실 수 있었다. 선생님은 시골 학교와는 어울리지 않을 만큼 화사하고 예쁘셨다. 그 시절 전교 남자아이들 모두 선생님을 좋아했을 것이다. 국어를 좋아하던 나에게 여러 가지 질문을 던지시며, 대화로 수업을 풍성하게 만들어 주셨다. 당시 우리는 '세이클럽'이라는 채팅을 통해 학생들과 소통하며, 학교에서 쉽게 말하지 못했던 사춘기 소년·소녀들의 이야기까지 경청해 주셨다. 덕분에 우리는 재미있고 활기찬 학교생활을 누릴 수 있었다.

또한 학교에서 집으로 걸어가야 할 때, 퇴근길과 같은 방향이던 나를 차에 태워 집까지 데려다주셨다. 차 안에서는 언제나 차분한 음악이 흐르고, 이런저런 이야기를 나누며 하교하던 시간이 참 즐거웠다. 집에 빨리 도착하지 않았으면 하는 마음까지 들 정도로 그 순간은 소중하게 느껴졌다. 5월이면 우리 동네 앞 일직선 도로에는 금계국이 활짝 핀다. 나를 태워 주시던 선생님은 "요즘 진범이네 동네 앞 노란 꽃이 쭉 피어 있는데, 그 꽃을 보며 출퇴근하는 길이 행복하다."라고 말씀해 주셨다. 그 말을 들으니 괜히 뿌듯하고 마음이 따뜻해졌다. 그 금계국은 여전히 때가 되면 도로를 수놓는다. 가끔 고향에 내려가 그 꽃을 볼 때면 자연스럽게 선생님이 떠오른다. 또한 우리 반 16명 학생들의 생일을 잊지 않고 챙기셨던 기억도 난다. 겨울날 자전거를 타고 등하교하던 나를 걱정하시며 손이 시릴까 봐 장갑을 선물로 주셨다. 그 작은 관심 하나에도 선생님의 포근한 마음이 고스란히 느껴졌다. 고등학교 진학을 준비하던 시기, 그제야 인생에서 처음으로 큰 고민과 마주한 듯했다. 유치원 때부터 중학교 3학년까지 한 반에서 지내 온 우리 반 아이들은 중학교까지는 비슷한 삶을 살아왔지만, 고등학교에 들어서면서 인문계와 실업계로 나뉘어 각자의 방향이 조금씩 달라지기 시작했다. 나 또한 그 길에서 선택의 기로에 서 있었다. 어느 길을 선택할지 고민하던 나에게 이렇게 말씀해 주셨다.

"진범이는 재치가 있고 남에게 즐거움을 주는 것을 행복해하는 사람이니, 무엇을 하더라도 사랑받으며 잘할 것이다."

그 말씀을 듣고 나는 자신감과 삶의 방향을 얻을 수 있었다. 그후, 2004년 2월 졸업식 날, 선생님과 헤어지며 울었던 기억이 난다. 그때의 아쉬움과 그리움은 단순한 이별의 슬픔만은 아니었을 것이다. 선생님도 우리가 교직 생활의 첫 졸업생이라며 뭉클해하셨다. 졸업식 내내 마음속에는 선생님께 받았던 따뜻함과 수업 시간마다 떠들던 모습에 대한 죄송한 마음이 떠올랐다. 그것이 더해지며, 눈물은 점점 흘러내렸다. 그 후 고등학생이 되어 학교에 몇 번 놀러 갔지만 선생님은 다른 학교로 전근을 가셨고, 자연스럽게 연락은 끊기고 말았다. 시간이 흘러 강산이 두 번이나 변했고, 이제 나 또한 그 당시 20대 중반이던 선생님의 나이를 훌쩍 넘어 살아가고 있다는 사실이 묘하게 느껴진다.

다녔던 중학교는 2016년에 폐교되었고, 현재 그 자리는 농촌 지역의 생활 서비스 격차를 해소하기 위한 세대 공존 행복센터로 바뀌었다. 초등학교 역시 전교생이 10명이 채 되지 않아 해마다 학생 모집에 어려움을 겪고 있다. 2026년에는 단 한 명의 졸업생을 배출했으며, 2027년 100회 졸업생을 끝으로 폐교될 예정이라고 한다. 중학교 시절, 수업 중 우리 면 소재지를 지나는 중앙고속도로 위로 버스가 줄지어 지나가는 모습을 바라보며, 때로는 이 작은 학교가 답답하게 느껴지기도 했었다. 하지만 돌아보면 그 시절이 왜 그토록 그리운지 알 것 같다. 두 분의 선생님들도 가끔 그 중앙고속도로를 지날 때면 우리 학교가 눈에 들어올 텐데, 두 분은 우리를 기억하고 계실까 궁금해진다. 또한 나는 가끔, 두 선생님께 받은 가르침과 배려를 잘 실천하며 살아가고 있는지 되돌아보곤 한다.

아들아,

학교를 다니다 보면 오래도록 기억에 남는 선생님이 있단다. 그분들의 가르침은 부모가 주는 것보다도 깊고 값지게 남기도 하지. 가끔 아빠는 두 선생님께 받은 마음을 잘 실천하고 있는지 돌아보곤 한단다. 너도 따뜻한 선생님을 만나, 오래도록 기억에 남는 의미 있는 학창 시절을 보내길 바란다.

몰래 카메라

: 스릴 가득한 학창 시절

고등학교 시절, 나는 공부에는 큰 흥미가 없었다. 하루하루는 늘 비슷하게 흘러갔지만, 그 속에서도 나만의 작은 즐거움이 있었다. 바로 친구들을 웃기는 일이었다. 수업 종이 울리면 나는 교과서를 먼저 펼치기보다 '오늘은 어떤 개그로 친구들을 즐겁게 해 줄까'를 먼저 고민하곤 했다. 친구들은 "진범이 개그 보려고 학교 온다."라며 장난 섞인 진심을 전했고, 어떤 친구는 "하도 많이 웃어서 광대가 아프다"며 배를 잡고 쓰러지곤 했다. 내 무대는 교실이었다. 칠판 앞에서, 복도에서, 때로는 선생님 앞에서도 늘 개그맨이었다. 선생님들에게 짓궂은 장난을 치며 그 당황한 반응에 폭소가 터졌고, 몰래 카메라처럼 친구와 싸우는 연기를 하다가 갑자기 기절하는 퍼포먼스로 교실을 발칵 뒤집어 놓기도 했다.

처음에는 면학 분위기를 흐린다고 선생님께 혼나기도 하고, 공부에 집중하던 아이들에게 따가운 눈총을 받기도 했다. 하지만 내 장난이 점점 친구들에게 통하기 시작했다. 시간이 지나면서 내 말에 빠져들어 넋을 잃고 듣는 친구들이 생겼고, 심지어 선생님마저 신이 나 이야기를 이어 가다 보면 어느새 수업 끝나는 종이 울려 버리곤 했다. 나로서는 완벽한 전략의 성공이었다. 그런 시간들 속에서 유난히 기억에 남는 날이 있었다. 교생 선생님이 교실에 들어와 수업 분위기를 살피고 아이들의 성향을 파악하던 날이었다. 그날도 친구와 어김없이 몰래 카메라를 준비했다. 설정은 내가 교생 선생님을 짝사랑한다는 것이었다. 수업이 시작되자, 친구가 손을 번쩍 들고 소리쳤다.

"선생님, 이 친구가 누군가를 좋아하는데, 이룰 수 없는 사랑이라 너무 힘들어해요. 위로 좀 해 주시면 안 될까요?"

순간 교실은 술렁였고, 선생님은 당황한 듯 웃으며 "그래도 수업은 해야지."라고 말했다. 하지만 우리는 장난을 멈추지 않았다. 우는 척도 했다가, 초조한 척도 했다가, 실성한 척도 하며 선생님을 당황하게 만들었다. 참다 못한 선생님이 "도대체 그 여자가 누구냐?"라고 묻자, 친구가 결정타를 날렸다.

"사실… 그 여자는 바로 선생님이에요. 선생님 오신 날부터 이 친구가 너무 힘들어했어요."

그 순간 선생님의 얼굴은 순식간에 홍당무처럼 빨개졌다. 스무 살 갓 넘은 새내기 교사에게 내 장난은 예상치 못한 폭탄이었다. 눈은 휘둥그레지고, 입술은 굳게 다물렸지만, 손은 미세하게 떨리고 있었다. 선생님은 필사적으로 진지함을 유지하며 목소리를 냈다.

"안 돼. 넌 학생이잖아. 공부해야 할 시간이야."

교실은 웃음으로 가득했지만, 진짜 클라이맥스는 따로 있었다. 나는 갑자기 창문 쪽으로 달려가 외쳤다.

"이렇게는 못 살겠어요!" 하고 창밖으로 몸을 던졌다. 1층이었지만, 선생님은 창밖으로 사라진 나를 보고 기겁하며 달려왔고, 친구들은 박수를 치며 웃음을 터뜨렸다. 그러나 선생님의 표정은 울음이 터지기 직전처럼 굳어 있었다. 그제야 상황의 심각성을 깨달은 나는 친구와 함께 연신 고개를 숙이며 빌었다. 결국 소문은 담임 선생님 귀에까지 들어갔고, 우리는 단단히 혼이 났다. 친구들은 그날을 두고두고 회자하며 배를 잡고 웃었지만, 지금 돌아보면 너무 무례한 장난이었고, 죄송한 마음이 든다.

또 하나 잊을 수 없는 사건이 바로 야간 자율 학습 신청 장난 전화였다. 그 무렵, 친구 한 명은 끝까지 야자를 신청하지 않겠다고 버티고 있었다. 공부에는 전혀 흥미가 없었고, 부모님 또한 공부에 대해 크게 관심을 두지 않는 집안이었다. 반의 대부분이 당연히 신청하는 분위기 속에서도 친구는 고집을 꺾지 않았다. 그 모습을 보며 내 장난기 어린 머릿속에 불이 번쩍 스쳤다.

"그래, 그 친구를 한번 뒤흔들어 보자."

그날 저녁, 나는 친구 집으로 전화를 걸었다. 수화기를 귀에 대고, 최대한 권위적인 목소리를 흉내 내며 말했다. 전화를 받은 것은 마침 저녁 식사 중이던 그의 어머니였다.

"어머님, 조금만 더 하면 좋은 대학에 갈 수 있습니다. 꼭 야자 신청을 하도록 설득해 주십시오."

"우리 아들이 공부에 영 흥미가 없는데 괜찮을까예? 그래도 선생님이 하라면 해야 안 되겠습니꺼?"

놀랍게도, 장난 전화 하나로 놀라운 일이 벌어졌다. 다음 날, 그 친구가 정말로 야자를 신청한 것이다. 그러자 의문이 꼬리를 물었다. 선생님은 “애가 갑자기 왜 신청했지? 공부할 애가 아닌데…”라며 고개를 갸웃거렸고, 친구는 “선생님이 왜 우리 집에 전화를 했지?”라며 의아해했다. 서로를 의심하긴 했지만, 공부하겠다는 학생에게 선생님이 뭐라 할 수도 없었고, 친구 역시 어머니를 설득하려 전화를 한 것에 대해 선생님께 따질 수도 없는 상황이었다. 나는 속으로 꾹꾹 웃음을 삼켰다. 여기서 멈췄다면 어땠을까? 다음 날, 나는 다시 수화기를 들었다. 이번에도 최대한 선생님다운 목소리를 흉내 냈다.

“어머님, 야자 신청은 잘 받았습니다. 그런데 야자비가 아직 안 들어왔습니다. 뻥땅한 것 같습니다. 혼쭐 좀 내 주셔야 할 것 같습니다.”

“뭐라꼬예…. 가가 그럴 애가 아닌데…. 잠시만예.”

수화기 너머에서 들리는 목소리.

“어제 돈 준 거 어디다 썼노? 선생님 또 전화 왔다. 아이구야… 이게 무슨 일이고.”

나는 상황이 심각하게 흘러가는 것 같아 급히 말했다.

“어머님, 진정하시고, 아들 좀 바꿔 주십시오.”

잠시 후 전화를 바꾼 친구의 목소리가 들려왔고, 그 순간을 기다렸다는 듯, 드디어 정체를 폭로했다.

“선생님이야! 깜짝 놀랐지? 근데 사실 너, 조금만 노력하면 서울대도 갈 수 있는 똑똑이잖아. 자, 이번에는 한번 해 보자. 내가… 밀어 줄게!”

순간, 약간의 정적이 흘렀다. 곧이어 날아온 대답은 짧고도 강렬했다.

"야, 이 새끼야!"

거친 외침이 터진 직후, 어머니의 목소리가 들려왔다.

"선생님한테 무슨 짓이고!"

당황한 친구는 황급히 해명했다.

"엄마, 내 친구가 장난친 거야! 선생님 아이다."

그러자 친구 어머니는 수화기를 확 빼앗더니 나에게 일격을 날렸다.

"무슨 이리 무서븐 장난을 치는겨! 살다 살다 희한한 놈이 다 있네!"

그 순간, 등골이 서늘해지고 몸이 굳어 버렸다. 결국 그날 이후 친구는 야자를 취소했다. 사건은 그렇게 끝났지만, 심장은 오랫동안 두근거렸다. 장난 전화는 분명 철없는 행동이었지만 내 인생에서 가장 짜릿하고도 웃겼던 순간이기도 했다. 그 시절의 나는 교실에서 고교 시절의 즐거움을 마음껏 누리고 있었다.

커피 한 잔의
어른 흉내

고등학교 시절, 지루해질 법한 일상 속에서도 나만의 스릴을 찾아내곤 했다. 어느 날, 급식을 서둘러 먹고 학교 근처에서 자취하는 친구 방에 모였다. 그곳에서 몇몇 친구들은 엄청난 모험을 결심했다. 바로 다방 커피를 마셔 보는 것이었다. 의성 '○다방'에는 소문난 미모의 아가씨 'ㄱ 양'이 있다는 이야기를 이미 들어, 우리의 가슴은 기대감으로 가득 찼다. 하지만 직접 가서 먹기에는 덜컥 겁이 나 대신 한 번 시켜 마셔 보기로 했다.

먼저, 성대모사를 잘하는 친구가 구수한 목소리로 "커피 한 잔 빨리 갖다 주이소. 꼭 ㄱ 양이 배달해 줘야 됩니데이~" 하고 능숙하게 커피를 시켰다. 우리는 기다리는 동안 학생 신분이 들키면 큰일이니 철저한 위장 작전을 벌이기로 했다. 교복 윗도리는 벗고 티셔츠 차림으로 앉았으며, 교복 바지는 들킬까 봐 이불로 덮었다. 서로 눈짓을 주고받으며 '어른 모드'로 전환했다. 떨리는 마음으로 커피를 주문

하고 기다리던 우리는 무슨 이야기를 나눌지 고민했다. 마침내 문이 열리고, 소문 속의 ㄱ 양이 들어왔다. 짧은 미니스커트를 입고 은은한 향기를 풍기며, 능숙한 손놀림으로 커피를 내리는 그녀의 모습은 단연 압권이었다. 커피 가루 한 숟갈, 프림 두 숟갈, 설탕 두 숟갈을 정확히 계량해 섞는 그녀의 손길 하나하나에는 프로페셔널한 기운이 뚝뚝 묻어 있었다. 우리는 아무 말 없이 그 장면을 바라보며 숨을 죽였다. 손목에서 손끝까지 이어지는 섬세한 움직임, 뜨거운 물이 커피와 만나며 부드럽게 퍼지는 향, 모든 것이 영화 속 한 장면처럼 느껴졌다.

그녀가 잠시 손을 멈추고 우리를 향해 미소를 지었을 때, 우리의 심장은 뛰기 시작했다. 어린 마음에 세상이 이렇게 넓고, 동시에 낯설고 흥미로울 수 있다는 것을 처음 실감한 순간이기도 했다. 그때 우리는 서로를 힐끔 보며 미리 연습한 대사를 주고받았다.

"요즘 사업은 잘돼 가냐? 경기가 어려워 죽겠다."

"요즘 거래처 조건이 영 마음에 안 들어."

"그래, 내일 대구 내려가서 사장님하고 얘기해 봐야겠어."

어른인 척, 사업가 흉내를 내며 큰돈을 굴리는 척 진지하게 연기했다. 돌아보면 배시시 웃음이 나올 만큼 유치한 대사들이었고, 자취방의 분위기는 누가 봐도 학생이 사는 공간처럼 보였다. 하지만 우리의 연기를 믿었고, 우리는 정말 '어른처럼' 보이고 싶었다. 커피잔을 들고 탁자 위에 올려놓는 시늉도 하고, 전화기를 들고 무언가 중요한 이야기를 나누는 흉내도 냈다. 서로 눈빛을 주고받으며 조금이라도 더 '진지한 사업가'처럼 보이려 애썼다.

그녀는 우리의 얼굴을 힐끗 쳐다보며 물었다.

"그런데 안 더워요? 왜 이불을 그렇게 덮고 있어요?"

우리는 전혀 춥지 않았지만, 순간 당황하며 얼버무렸다.

"우리… 어제 셋 다 사우나를 잘못해서 감기가 걸렸네요."

말 같지도 않은 이 대답에 서로 얼굴을 붉혔고, 그녀는 그냥 웃어 넘겼다. 이후 괜히 커피를 후후 불며 마시는 척만 했다. 우리는 '다 마실 때까지 기다려 주는 게 예의다'라는 알 수 없는 규칙을 내세우며 시간을 끌었다. 사실 한 모금이라도 마시면, 그 순간 모험이 끝나 버릴까 봐 두려웠던 것이다.

그 와중에도 나는 시답잖은 농담을 던졌다.

"이 커피, 진짜 맛있네. 이거 포장됩니까? 거래처 사장님 좀 갖다드리면 진짜 좋아하겠는데요?!"라며 장난스럽게 말하자, 친구가 맞장구쳤다.

"맞아요! 프림이랑 설탕 양이 딱 맞아야 성공할 수 있지. 저랑 사업 한번 해 보실래요?"

다행히 그녀는 웃어 주었다. 어른 흉내를 내는 우리를 보고 귀여워서 웃는 건지, 아니면 진짜 '사업가 오빠들의 대화'가 재미있어서 웃는 건지는 알 수 없었다. 그 후, 학교에 다방 커피를 시켜 먹었다는 소문이 퍼졌고, 몇몇 친구들은 같이 가자며 졸라 댔다. 연애가 무엇인지, 여자라는 존재가 어떤 건지도 잘 모르던 호기심 가득한 철없는 시골 아이들이었다. 이후로도 몇 번씩 그녀를 불러, 그 두근거리는 순간을 즐겼다. 처음에는 어른 흉내를 내던 우리가 점점 자연스러운 대화를 나누게 되었고, 시간이 지나면서 그녀가 10분 이상 머물며 더 놀다 가겠다고 자발적으로 시간을 늘리기도 했다. 아마 그녀도 외로웠던 모양이었다.

머칠 후 그녀는 한마디 말도 없이 바람처럼 사라졌다. 그 이후 우리는 다시는 다방 커피를 부르지 않았다. 돌이켜 보면, 그날의 '어른 흉내'는 참 허무했다. 이불 속에 감춘 바지, 식어 가는 커피, 흩날린 사업 이야기…. 다 지나고 보니 조금은 웃음이 나는 추억이다. 그때 느꼈던 가슴 뛰는 순간과 의성에서 가장 예쁘다던 아가씨의 환한 모습이 잔잔하면서도 또렷하게 떠오른다.

그때 함께 다방 커피를 즐겼던, 프림과 설탕의 양이 딱 맞아야 성공할 수 있다던 친구 한 명은 지금 카페 사업을 하며 제법 자리를 잡았다. 그리고 나는 그날을 떠올리며 이렇게 글을 쓰고 있다. 이제 진짜 어른이 되었으니, 그때 그 다방에서 친구들과 마음껏 수다를 떨고 싶다.

한밤의 질주와
사과 한 조각

고등학교 시절, 2년 반 동안 기숙사에서 생활했다. 통학이 힘든 면 소재지 친구들과 함께 기숙사라는 작은 세계 속에서 하루하루를 보냈다. 기숙사 생활의 밤은 얼마나 배가 고픈지, 매점만으로는 절대 부족했다. 기숙사생들은 밤마다 치밀한 계획을 세워, 기숙사 배관을 타고 배달 음식을 몰래 가져오곤 했다. 다른 방에서는 주문한 음식의 돈을 위층에서 봉지에 담아 줄넘기에 묶어 아래로 내려 주면, 사장님이 봉지째 음식을 걸어 올려 주기도 했다. 사감 선생님의 눈을 피해 몰래 먹던 야식은 정말 환상적이었다. 베란다에 드리운 별빛 아래, 친구들과 나눈 그 순간은 지금 생각해도 즐겁고 신난다.

그 시절 기숙사 사감들은 대부분 학교 졸업생이었고, 취업 준비를 하면서 기숙사 일을 맡았다. 특히 고3 때 만난 정 사감 선생님은 군 하사관 출신으로 경찰 공무원을 준비하며, 밤에는 학생들을 지도하고 낮과 새벽에는 공부하셨다. 강한 인상과 카리스마 뒤에 순수함과 엉뚱한 면모 그리고 학생들을 향한 다정한 마음을 지닌 분이 었다. 나는 사감 선생님과도 거리낌 없이 지냈다. 여러 차례 아슬아 슬한 장난을 치곤 했지만, 선생님은 놀랍게도 나쁘게 여기지 않으셨고, 오히려 장난기 있는 나를 즐겁게 받아 주셨다. 늘 "놀기 제일 좋을 때지만 나처럼 후회하지 않으려면 공부도 열심히 해라."라며 당부하였다. 물론 그때의 우리는 그 말씀을 대충 흘려들었다. 그러던 어느 날, 나는 선생님께 무모한 부탁을 했다.

"사감 쌤, 커서 뭐 할지도 모르겠고, 운전 실력 좀 봐 주십시오. 졸업하면 운전이나 해야겠어요."

선생님은 잠시 망설이셨지만, 결국 허락해 주셨다. 그렇게 몇몇 친구와 나는 학교 운동장으로 달려 나갔다. 후배들은 숨죽인 채 손에 땀을 쥐었고, 나는 '드리프트 운전'이라며 핸들을 급격히 돌려 차를 움직였다. 상상 속 속도는 마치 F1 레이스 수준이었다. 문제는 선생님이었다. 내 운전 솜씨를 본 선생님은 기겁하며 소리쳤다.

"제발 살려 주라! 천천히, 스톱!"

"쌤, 사실 제 꿈이 카레이서입니다. 하하하!"

차 안에 타고 있던 친구들은 모두 웃음을 터뜨렸다. 그러나 옆 손잡이를 꼭 잡고 있는, 진지하면서도 당황한 선생님의 얼굴은 마치 코미디 영화의 한 장면 같았다. 그날의 한밤 질주는 금세 기숙사 안에서 전설이 되었다. 우리는 '운전 연습'이라는 명목으로 위험과 웃음을 동시에 즐긴 셈이었다. 전날 비가 많이 와서 운동장이 흠뻑 젖어 있었는데, 나의 '드래프트 운전' 때문에 완전히 엉망이 되었다. 다음 날 학교에서는 "도대체 어떤 미친놈이 운동장에서 운전을 했냐!"며 소란이 일었지만, 다행히 별일 없이 정리되었다. 그 사건 이후로는 학교에서 다시 운전대를 잡지 못했다. 사감 선생님은 종종 기숙사 저녁 대신 안동으로 우리를 데려가 밥을 사 주곤 했다. 좁은 차 안에서 창문을 열고 바람을 맞으며 달리던 순간, 아직 펼쳐지지 않은 미래를 마음껏 상상하는 것이 참 행복했다.

머칠 뒤, 또 하나의 사건이 벌어졌다. 쉬는 시간, 복도 창가에서 사과를 먹던 나는 장난삼아 남은 조각을 창밖으로 던졌다. 그런데 하필 그 밑에는 선생님의 차가 있었고, 선생님이 차 안에 계셨다. 그날은 경찰 시험 발표에서 불합격 소식을 들으신 날이라, 차 안에서 홀로 상심에 잠겨 계셨던 것 같다. '쿵!' 소리에 놀란 선생님은 곧장 3층으로 뛰어 올라왔다.

"오진범! 사과 던졌지? 나 오늘 사감 자리 그만둔다! 당장 내려와!"

말이 끝나기도 전에 날아온 하이킥이 턱을 강타했다. 정신이 아득해지고 몸이 휘청거렸다. 겁에 질린 나는 사감실로 내려가지 않고 친구 자취방으로 도망쳤다. 친구는 내 놀란 얼굴을 보고 곧장 사감 선생님께 전화를 걸어 상황을 알렸다. 잠시 후, 선생님은 마음을 가다듬고 자취방 문을 두드리셨다. 문을 열고 들어선 선생님은 차분히 말했다. 아까와는 달리 평온해 보였다.

"오진범, 많이 놀랐제? 아프더나?"

나는 떨리는 목소리로 겨우 대답했다.

"네…"

선생님은 잠시 눈을 감고 숨을 고르시더니, 다시 말을 이었다.

"아까 있었던 일은 다른 선생님들한테는 말하지 마라, 알겠제?"

그러고는 근처 치킨집으로 나를 데리고 가셨다.

"사장님, 닭 한 마리 튀겨 주세요. 콜라도 한 병 주시구요."

나는 잠시 머뭇거리며 말했다.

"선생님, 맥주는 안 시켜 주실 건가요? 전 콜라보다 맥주가 더 좋은데요."

"이 와중에 또 농담을 하고 있네. 하하하." 하고 같이 웃으며 해프닝으로 끝났다. 이 사건은 학교에 소문이 퍼져, 당시 방영 중이던 드라마 제목을 따 '거침없이 하이킥'이라는 전설로 남았다. 하지만 누가 물어도 끝내 그 일을 언급하지 않았다. 내 잘못이었고, 죄송한 마음이 컸기 때문이다. 며칠 뒤, 시험에만 집중하기 위해서였을까, 사감 선생님은 급히 사감직을 그만두고 떠나셨다. 사감 선생님은 학생들을 살짝 놓아주면서도 든든하게 지켜봐 주신 존재였다. 그분이 보여 주신 장난기 어린 이해와 따뜻함은 학창 시절의 한 페이지를 특별하게 만들어 주었다. 그때의 사감 선생님이 지금쯤은 경찰로서 어디서, 어떻게 지내고 계실지 문득 궁금해진다.

사부재의 추억

친구 필규는 고등학교에서 처음 만났다. 그전까지 살아온 환경이 서로 닮아 있었던 탓인지, 우리는 금세 마음이 통했다. 필규는 나를 좋아해 주면서도 동시에 나를 지적하며 성장할 수 있도록 도와주는 고마운 친구였다. 스무 살을 앞둔 열아홉 겨울, 우리는 서로의 동네 중간쯤에 있는 사부재에서 막걸리를 마시기로 했다. 각자의 집에서 출발했지만, 자전거로 5km 남짓한 거리를 달리면 20분이면 만날 수 있는 거리였다.

막걸리는 내가 준비했고, 친구는 안주를 맡았다. 전날 집안 제사가 있었다며, 남은 전과 고기를 정성껏 함께 가져온 것이다. 돗자리 하나 없이 대충 큰 나무 아래 앉아, 주섬주섬 음식을 꺼내 서로 나누어 먹었다. 막걸리의 맛은 우리에게 어른 세계의 문턱을 살짝 열어 보여 주는 듯했다. 하얀 입김을 내뿜으며 서로의 얼굴을 바라볼 때마다 웃음이 터졌고, 청춘의 표정처럼 반짝였다. 막걸리 한 잔을 마시고 잠시 하늘을 올려다보았다. 유난히 별이 빛나고 있었고, 매섭게 불던 바람도 잠시 숨을 고른 듯 고요했다. 그 별빛 아래에서 우리는 쉬지 않고 이야기를 나눴다. 남자 둘이서 무슨 이야기를 나눴는지는 정확히 기억나지 않는다. 아직 펼쳐지지 않은 미래를 이야기했을지도, 혹은 별 의미 없는 농담을 주고받았을지도 모른다. 중요한 것은 말의 내용이 아니었다. 그 순간의 공기, 별빛에 젖은 눈빛 그리고 함께 있었다는 사실만으로 충분했다.

당시 나는 내가 원하던 학교의 방송연예과에 합격해 부푼 마음을 안고 있었고, 필규도 원하던 동물 관련 학과에 진학을 앞두고 있었다. 친구는 어릴 때부터 동물에 남다른 관심을 보였고, 그 열정은 자연스럽게 전공 선택으로 이어졌다. 집에 직접 닭장을 만들어 닭을 키웠기 때문에, 달걀을 사 먹어 본 적도 거의 없었다. 작은 동물들의 습성이나 행동, 생태에 대해 무엇이든 물어보면, 그는 늘 동물 박사처럼 막힘없이 대답하곤 했다.

"20년 뒤에는 우리가 뭘 하고 있을까?"

누가 먼저 물었는지는 기억나지 않지만, 그 질문이 눈송이처럼 우리 어깨 위에 내려앉아 오래도록 녹지 않았다는 것만은 분명하다. 우리는 그 질문을 가볍게 던졌을 뿐이었지만, 그것은 청춘의 무모한 호기심이자 동시에 인생을 향한 첫 약속 같았다. 그 시절의 우리는 세상이 무궁무진하게 열려 있다고 믿었다.

"나는 유해진 같은 코믹 배우가 되고 싶어. 대학에 가서도 사람들을 웃기고 재미있게 지낼 수 있겠지?"

"나는 동물을 좋아하는 것은 사실이지만, 학과 공부를 깊이 하다 보면 그 안에서 재미를 느낄 수 있을지 잘 모르겠어. 졸업 후 난 어디로 가 있을까…?"

　비록 시골의 작은 언덕 위에 서 있었지만, 그곳에서 우리는 망망대해처럼 끝이 보이지 않는 미래를 마음속에 그려 보고 있었다. 그러나 세월은 언제나 예기치 않은 길로 사람을 데려간다. 지금의 나는 그때 상상했던 모습과는 전혀 다른 삶을 살고 있고, 그 친구도 졸업 후 동물 관련 전공을 살려 취업했지만, 여러 우여곡절을 거쳐 결국 고향으로 돌아와 지역을 지키며 살아가고 있다.

　별빛 아래에서 언덕을 올려다보던 소년들은 어느새 낯선 어른이 되어 버린 것이다. 2025년 10월, 본격적으로 글을 쓰면서 친구가 무척 보고 싶었다. 그래서 고향에 들렀을 때 짬을 내어 친구가 일하는 곳으로 직접 찾아갔다. 친구는 도시의 바쁜 삶을 정리하고 농촌으로 내려왔지만, 그곳에서도 분주한 일상을 보내고 있었다. 그의 모습을 보고 문득 고등학생 시절로 돌아간 듯했다. 우리는 이런저런 사는 이야기를 나누며, 조심스레 그날 우리의 추억이 에세이에 실릴 것 같다고 전했다. 그때의 행복을 함께 나눠도 되겠냐고 묻자, "나도 가끔 그 길을 지날 때면 그날이 생각나."라며 친구도 그날을 회상했다.

　그때처럼 시시콜콜한 이야기를 나누며 헤어질 무렵, 직접 기른 계란 한 판을 나에게 건넸다. 그 모습을 보며, 열아홉 살 필규가 그대로 떠올랐다. 그 순수하고 열정적인 모습은 지금까지도 변치 않고 이어져 있는 듯했다. 사부재로 향하며 자전거를 타고 차가운 바람을 가르던 설렘, 별빛 아래서 나눴던 수많은 이야기. 그 장면들은 내 안에서 쉽게 사그라지지 않는다. 그때만큼은 우리가 누구보다 뜨겁게 살아 있었다. 언젠가 다시 사부재의 오래된 나무 아래 마주 앉아 막걸리 잔을 부딪히며, 어떤 이야기가 오갈지 문득 기대해 본다.

우리의 첫 드라이브는
중립이었다

고등학교 3학년 졸업을 코앞에 두고 공부는 대충 끝났고, 대학도 다 정해져 모든 것에 해방된 것만 같은 나는 어디론가 폭발할 에너지만 가득했다. 그때 나와 친구들이 꽂힌 건 바로 운전면허였다. 졸업하자마자 면허증을 따서 멀리 떠나 보는 것. 그것만큼 어른이 된 기분을 느낄 수 있는 일이 또 있을까? 하지만 문제는 역시 돈이었다. 당시 운전면허 학원은 우리 또래에게는 꽤 부담스러운 비용이었다. 용돈을 아무리 긁어 모아도 어림도 없었고, 부모님께 손을 벌리자니 "괜히 사고라도 나면 어쩌려고 벌써 배우냐?" 하는 핀잔이 눈에 훤했다. 결국 우리는 결론을 내렸다.

"차라리 우리가 직접 해 보자. 싸고, 빠르고, 게다가 우리 손으로 해내면 훨씬 뿌듯하지 않겠어?"

그렇게 우리는 정식 학원 대신, 운동장을 연습장 삼아 '자체 면허 과정'을 열어 보기로 했다. 바닥에 줄을 긋고 코스를 만들어 몇 바퀴를 돌다 보면, 계획대로라면 금방이라도 면허를 딸 수 있을 것만 같았다. 첫 연습은 우리 아버지 차로 하기로 했다. 겨울밤은 유난히 길었고, 어른들은 일찌감치 잠자리에 들었다. 집 안이 고요해지자 친구들이 하나둘 우리 동네 어귀에 모였다. 그 얼굴에는 기대와 두려움이 동시에 묻어 있었다.

"야, 진짜 할 거야?"

"그럼. 이때 아니면 언제 하겠냐."

우리는 낮은 목소리로 속삭이며 집 앞에 세워 둔 아버지 차로 다가갔다. 문제는 시동이었다. 한밤중에 시동을 걸면 그 순간 들통나는 건 시간문제였다. 한참을 고민하다가 결국 나온 결론은 단순했다.

"시동은 절대 안 돼. 중립에 놓고 그냥 밀자."

그 말이 떨어지자마자 모두가 진지한 표정으로 차 뒤에 섰다. 나는 운전석에 앉아 핸들을 잡았다. 그리고 조심스레 기어를 중립에 밀어 넣었다.

"하나, 둘, 셋!"

'쿵' 하고 차가 앞으로 굴러가기 시작했다. 친구들은 숨을 몰아쉬며 힘껏 밀었고, 나는 얼떨결에 핸들을 잡은 채 앞만 똑바로 바라봤다. 새벽 두 시, 시골 동네에서 학생 넷이 차를 밀며 달려가는 모습은 누가 봐도 영화 속 절도단 같았다. 더 황당한 건 그때부터였다. 고요한 동네에 갑자기 개 짖는 소리가 터져 나온 것이다. 앞집, 옆집, 뒷집 할 것 없이, 개들이 서로 신호라도 맞춘 듯 일제히 짖어 대기 시작했다. 개 짖는 소리 때문에 동네 사람들이 창문이라도 열까 봐 가슴이 쿵쾅거렸지만, 정작 우리 얼굴에는 금방이라도 터질 듯한 웃음기로 가득했다. 한쪽에선 숨넘어가듯 웃고, 다른 쪽에선 "제발 그만 웃어. 들킨다니까!" 하고 이를 악물며 다그쳤다. 하지만 차는 묵묵히 앞으로 나아갔다. 그 순간만큼은 정말 도둑질 같은 아슬아슬한 작전이었다. 발소리, 개 짖음, 차 바퀴가 구르는 소리까지, 모든 게 귀에 크게 울렸다. 누가 뒤에서 "거기 누구야!" 하고 소리치면, 그대로 기절해 버릴 것 같았다. 하지만 다행히 아무도 나오지 않았다. 그렇게 우리는 몇백 미터를 걸어 밀어내는 데 성공했다. 땀은 등줄기를 타고 흘렀고 숨은 목구멍 끝까지 차올랐지만, 모두의 눈빛은 들뜸으로 반짝였다. 우리는 마침내 작은 일탈을 끝낸 사람들처럼 서로 눈을 마주치며 웃음을 터뜨렸다.

운동장에 도착하자 본격적인 연습이 시작됐다. 전날 미리 라인 마킹기로 S 자, T 자 등 운전면허 시험장과 같은 규격의 선을 그어 놓았다. 마치 실제 시험 코스라도 된 듯 좌회전, 우회전, 후진을 번갈아 시도해 보았다. 속도는 10km도 채 되지 않았지만, 핸들을 잡는 순간만큼은 이미 고속도로를 달리는 기분이었다. 그 광경을 바라보니 시험장보다 훨씬 현실적이고 실감 났다. 물론 위험하다는 건 알고 있었지만, 그 시절 우리에게는 그 위험조차 재미였다.

"야, 야! 브레이크 밟아! 브레이크!"

"밟았어! 근데 왜 안 서지?"

"그건 네가 엑셀을 밟아서 그래!"

그렇게 차 안은 곧 욕과 웃음이 뒤섞인 아수라장이 되었다. 밖에서 구경하던 친구들은 박수까지 치며 "합격! 합격!"을 외쳤다. 마치 우리끼리 만든 가짜 면허시험장에서, 진짜 면허증을 딴 듯 뿌듯했다. 새벽이 서서히 밝아 올 즈음, 임무는 끝났다. 내리막을 쉽게 내려왔으면 오르막도 있는 법. 차를 집 앞에 갖다 놓기 전, 10미터 전부터 시동과 라이트를 끄고 달려오던 탄력을 이용해 차를 한번에 올렸다. 혈기 왕성한 우리에게는 그렇게 어렵지 않았다. 차를 조심스레 골목에 갖다 놓으며 우리는 서로 눈빛을 교환했다. 여전히 개는 짖어 대었지만, 임무가 끝났기에 그렇게 무섭지는 않았다.

"완벽했어. 아무도 모를 거야. 이건 진짜 완전 범죄야."

그렇게 뿌듯하게 손을 털고 집으로 들어갔다. 그런데 문제는 다음 날 아침이었다. 아버지가 차를 보더니 잠시 멈춰 서서 중얼거렸다.

"이상하네… 새벽에 별로 안 추웠나? 차 유리에 서리가 하나 없네?"

그 순간, 심장이 철렁 내려앉았다. 영화 속 범인이 지문 하나 때문에 잡히는 심정이 이런 걸까. 하지만 아버지는 더 이상 묻지 않았다. 그냥 "이상하다…" 하고 말끝을 흐리셨다. 아버지는 이미 모든 걸 알고 계셨는지도 모른다. 다만 직접 묻지 않았을 뿐이다. 완전 범죄는 결국 서리에서 허술하게 들통난 셈이었다. 다행히 스무 살이 되어 대학에 입학하기 전, 한밤의 소동을 함께했던 네 명의 친구들은 모두 운전면허 시험에 합격했다. 그 새벽의 차가운 공기, 개 짖는 소리 그리고 긴장 반 설렘 반으로 몰던 스티어링 휠의 감각이 아직도 생생하다. 그때 우리는 운전 연습을 한 것이 아니라, 사실은 청춘이라는 이름의 무모한 모험을 하고 있었던 건 아닐까. 그 모험의 조력자 중 가장 든든했던 사람은 아무 말 없이 차창에 맺힌 서리만 바라보던 아버지였는지도 모른다.

아들아,

아빠가 고등학교 때를 생각하면, 참 장난꾸러기였단다. 그때를 돌아보면 실수도 많았고, 아슬아슬한 경험도 참 많았지. 그래도 그 모든 순간들이 지금 생각해 보면 웃음이 나올 만큼 소중한 기억으로 남아 있단다.

학창 시절은 정말 쏜살같이 지나가는 것 같아. 당시 어른들은 "이때가 제일 좋을 때다. 언젠가 그리울 거다."라고 말씀하셨지만, 그때는 전혀 느끼지 못했단다. 아빠도 그때는 펼쳐지지 않은 미래가 더 궁금했어. 공부도 싫었고, 빨리 어른이 되고 싶었지.

6살인 네가 "아빠, 빨리 어른이 되고 싶어요. 운전도 하고, 장난감도 마음대로 살 수 있잖아요."라고 말하는 모습이 참 귀여웠단다. 하지만 사실 어릴 때의 모든 순간이 소중한 기억이란다. 지금은 잘 모를 거야.

아들아, 학교생활을 하면서 무엇보다도 재미있게 지내길 바란다. 다만 항상 상대를 배려하고, 안전을 지키는 마음은 잊지 말아야 해. 순간을 즐기면서도 책임감 있는 모습을 갖추는 것이 중요하단다.

여름비 아래에서

세찬 비가 내린다.
창밖을 바라보면
젖은 흙냄새가 코끝을 스치고,
땅은 어딘가 포근하게 숨 쉰다.
멀리 들판, 저녁 바람 속에는
부모 마음이 비처럼 스며 있다.

자식만은
농사처럼 힘들지 않기를,
자신이 걸어온 길처럼 고단하지 않기를,
비 내리는 들판처럼 따뜻하기를.
그 마음은 늘 한결같다.

비 오는 날은
농사꾼에게 주어진 짧은 숨.
그 틈 속에서도
자식이 잘되길 바라는 마음은
끝없는 하늘처럼 넓고 깊다.

어느덧 나도 부모가 되어
담담히 생각한다.
내리는 비는 언젠가 그치겠지만,
부모의 마음은 그치지 않는다는 것을.

여름비 내리는 고향 냄새가
가슴 깊이 스며
오늘도
여름비처럼 내 마음을 적신다.

Chapter 3.

선택과 실수의 기록
: 청춘의 거리에서

불판에서 배운 인생

나의 첫 아르바이트는 소고깃집에서 불판을 닦는 일이었다. 그 당시 최저 시급은 3,480원. 요즘과 비교하면 정말 작은 돈이었지만, 뭐든 처음 해 보던 나이라 불판 닦는 일도 어마어마하게 대단한 일처럼 느껴졌다. 농사일로 단련된 튼튼한 체력 덕분에 어느 정도 힘든 일도 묵묵히 견뎌 낼 수 있었다. 일하다가 여유가 생길 때면 서빙 아르바이트생들을 돕는 작은 배려와 센스를 발휘하기도 했다. 덕분에 사람들은 나를 힘만 센 청년이 아니라, 세심하고 배려 깊은 '센스 있는 청년'으로 기억하곤 했다. 손님들이 고기를 다 먹고 일어서면, 테이블 위엔 시뻘겋게 달아올랐다가 금세 까맣게 그을린 불판들이 수북이 쌓였다. 장사가 잘되던 집이라 불판이 쉴 새 없이 들어왔고, 하루에 닦아 낸 불판이 대략 1,000개였다. 땀을 뚝뚝 흘리며 그야말로 불판과 전쟁을 치렀다.

하지만 아르바이트 중 가장 힘든 것은 배고픔이었다. 고깃집에서 일하다 보니 코끝에는 늘 고소한 소고기 냄새가 맴돌았고, 팔에 힘을 주어 불판을 문지르고 있으면 체력 소모와 함께 배는 꼬르륵거리고 있었다. 테이블 위에는 손님들이 남기고 간 고기 몇 점이 불판에 애처롭게 달라붙어 있었다. 그걸 그냥 버리라고? 청춘의 허기를 무시하는 너무도 잔인한 일이었다. 굽지 않은 채 남겨 둔 생고기가 있을 때면, 그날은 불판 정리하는 아르바이트생들의 작은 '미니 회식'이 되었다. 남은 고기를 가져와 숯불을 급히 피워 불판에 올려 구워 먹는 맛은 정말 특별했다. 남은 고기가 없을 때면 우리는 쪼그려 앉아 상태가 괜찮아 보이는 고기를 슬쩍 집어 먹곤 했다. 그 맛이 어찌나 좋던지! 특히 손님이 몰려 정신없이 바쁜 와중에 고기 한 점이 입에 들어가는 순간, 세상이 잠시 멈춘 듯했다. '아⋯ 이게 바로 노동의 대가라는 거구나.'

특별한 소스나 양념이 없어도 좋았다. 고기 본연의 맛을 제대로 느낄 수 있었기 때문이다. 일하는 중간에 먹는 고기는 입안에서 어쩐 일인지 최고급 한우 안심처럼 부드럽게 녹아내렸고, 뱃속 깊은 곳에서 알 수 없는 전율이 올라왔다. 어느 날, 유난히 손님이 많아 눈코 뜰 새 없이 바쁜 날이었다. 그날도 손님이 남긴 고기가 있었는데, 식어 딱딱해지고 기름기까지 빠져 있었다. 그럼에도 또래 아르바이트생들과 함께 천천히 씹으며 감동을 나누었다. 고소한 맛이 혀끝에 퍼지는 순간, 그때 딱.

사장님과 눈이 마주쳤다. 시간이 정지했다. 젓가락을 든 내 손, 입안에서 오도독 씹히던 고기, 그리고 사장님의 깊은 눈빛이 공기 중에 얼어붙었다. 내 머릿속은 순식간에 난리였다. '아, 망했다. 훔쳐 먹은 거라 생각하면 어쩌지?' 심장은 터질 듯이 쿵쾅거렸고, 뺨은 불판보다 더 뜨겁게 달아올랐다. 씹던 고기를 삼키지도 못한 채, 그대로 얼어붙은 석상처럼 굳어 있었다. 사장님은 한참 동안 우리를 뚫어지게 바라보다가, 낮고 묵직한 목소리로 한마디 하셨다.

"너희들 부모님이 알면… 얼마나 속상하시겠냐."

다행히 사장님은 크게 화내지 않으셨다. 고개를 저으며 아무 말 없이 일하던 자리로 돌아가셨다. 나는 고개를 푹 숙이고 씹던 고기를 삼키지도 못한 채 얼어붙었다. 그 장면을 떠올리면 지금도 나쁜 짓을 하다 걸린 초등학생처럼, 쩔쩔매는 표정을 짓게 된다. 그때는 땅속으로라도 숨고 싶은 심정이었지만, 사장님은 의외로 무척 따뜻한 분이었다. 그날 마감을 하고는 회식 자리를 마련해 주셨다. 아르바이트생들은 대부분 나 같은 학생들이었는데, 사장님은 "다들 고생했다. 마음껏 먹어라." 하시며 직접 고기를 구워 접시에 올려 주셨다. 그리고 퇴근길에는 불고기 한 팩씩을 직원들 손에 꼭 쥐어 주며 말했다.

"다들 자취하느라 힘들지? 집에 놔두고 반찬으로 두고 먹어라. 부족하면 언제든 말해."

그 말씀에는 단순한 배려를 넘어선 진심이 담겨 있었다. 그 순간 깨달았다. 사장님은 그저 가게를 운영하는 사람이 아니라, 우리 같은 풋풋한 학생들에게 삶의 온기를 나눠 주는 진짜 멋진 어른이었다는 것을. 돌아보면, 하루에 불판 1,000개를 닦아 내던 그 고생이 마냥 힘들기만 한 건 아니었다. 그때의 땀 냄새, 몰래 먹던 고기 그리고 사장님의 따뜻한 마음은 여전히 내 기억 속에 생생히 떠오른다. 첫 아르바이트에서 배운 교훈은 의외로 간단했다. 불판은 생각할 틈 없이 기계처럼 닦아야 하고, 고기는 당당히 먹어야 한다는 것. 그리고 무엇보다 그때의 사장님처럼 누군가에게 따뜻함을 건네줄 수 있는 멋진 어른이 되어야겠다는 다짐이었다.

아들아,

20년 동안 부모님이 주신 돈만 받아 쓰다가, 처음으로 내 힘으로 일해 벌어 본 돈. 손에 쥔 금액은 고작 80만 원 남짓이었지만, 그때 느낀 마음은 잊히지 않는다.

힘들고 고된 노동 속에서도 땀 흘리며 얻은 돈과 경험은, 돈 이상의 값진 보람을 가르쳐 주었다. 스스로 노력해 얻은 성취만큼 마음을 채우는 건 없다는 걸 아빠는 그때 배웠단다. 그 속에서 배우는 것들이 너를 단단하게 만들고, 평생의 추억이 될 것이다.

꿈의 무대에서

나는 누군가의 마음을 움직이는 사람이 되고 싶었다. 카메라 앞에 서서 사람들에게 깊은 울림을 남기는 배우 또는 지역 곳곳을 돌아다니며 웃음을 끌어내는 〈6시 내 고향〉 리포터처럼 사람들과 가까이 호흡하는 연예인이 되고 싶었다. 어릴 적부터 다른 사람들을 웃게 만드는 일이 즐거웠고, 고등학교 시절 처음 연기를 접했을 때 '재미'로는 표현할 수 없는 독특한 설렘을 느꼈다. 연기는 누군가의 이야기를 대신 살아 내는 일이었다. 대사를 내뱉고, 관객의 시선이 나에게 집중될 때의 두근거림은 마치 모든 것이 잠시 멈춘 것처럼 느껴졌다. 첫 대학은 전라도에 위치한 B대학 방송연예과였다. 연예인으로 성공하기 어렵다는 이유로 주변에서는 걱정스러운 시선을 보내기도 했지만, 그럼에도 나의 열정을 막을 수는 없었다. 자신감이 하늘을 찌르는 만큼 무대와 카메라, 스포트라이트가 나를 기다리고 있을 것이라 믿으며 대학 시절을 부푼 꿈과 함께 시작했다.

　연기 전공으로 입학한 나는 처음 학교에 갔을 때부터 다른 어떤 수업보다 연기 수업에 마음이 끌렸다. 대사를 맞추고, 무대 위에서 발성 연습을 하고, 서로의 연기를 바라보며 울고 웃는 그 모든 과정이 참 즐거웠다. 주인공이 아니어도 좋았다. 오히려 극을 더 맛깔나게 만드는 감초 같은 코믹 역할이 훨씬 재미있었고, 그런 배우가 되고 싶었다. 잠깐 등장해도 관객의 기억 속에 오래 남는, 바로 그런 인물 말이다. 수업은 다양했다. 강의실에서 이루어지는 수업뿐 아니라, 지역 축제에 나가 공연을 하며 여러 곳에서 무대에 서기도 했다. 그 경험에서 '배우'라는 단어가 얼마나 치열한 노력 위에서만 빛날 수 있는지를 몸으로 배웠다. 교수님들은 "연기는 결국 진심"이라고 강조하셨고, 수십 번 같은 장면을 반복하며 진심을 쏟아 내던 날들이 이어졌다. 동아리 활동도 대학 시절의 중요한 한 장면이었다. '배꼽'이라는 개그 동아리에 들어가 다양한 경험을 쌓으면서 개그맨들이 쉽게 웃기는 것이 아니라 진짜 똑똑하다는 것을 깨달았고, 연기보다 개그가 훨씬 더 어렵다는 생각도 하게 되었다.

　그 무렵, 학교 재학 시절에 전주 KBS에서 주최하는 〈상상유희〉라는 프로그램이 우리 학교로 촬영을 왔다. 각종 퀴즈를 풀고 재치 있는 답변을 하면 우승하는 방식이었는데, 그날 나는 무려 50:1의 경쟁을 뚫고 우승을 차지했다. 이를 계기로 PD의 눈에 들어 이 프로그램에서 MC를 보조하는 감초 역할로 고정 출연 기회를 얻었다. 이후 매주 수요일마다 학교 대신 방송국으로 출연하며 자연스럽게 재치와 입담 그리고 방송국 현장의 분위기를 배울 수 있었다. 며칠 뒤, 타 지역 ○대학 코미디학과에서 프로그램 촬영을 할 기회가 있었다. 그중 엉뚱한 여자 학생과 대사를 주고받던 기억이 생생하다. 톡톡

튀는 재치와 신입생다운 당돌함에 깜짝 놀랐다. 그 친구가 훗날 개그우먼이 되는 모습을 보았는데, 가끔 TV에서 그녀를 볼 때면 당시 엉뚱했던 모습이 떠오른다. 또, 최근에 별세하신 한국 코미디의 기둥 전유성 선생님이 그 학교 지도 교수였는데, 촬영 당시 퀴즈쇼 현장에 와 학생들이 잘하고 있는지 세심히 지켜보던 모습이 기억난다. 잠시 점심시간을 맞아 혼자 담배를 피우시던 모습을 보았다. 가서 이런저런 이야기를 하고 싶었지만, 용기가 나지 않아 먼 곳에서 바라볼 수밖에 없었다. 그때 "저 좀 키워 주세요."라고, 염치없지만 용기를 내어 말해 보았다면 과연 어떤 일이 펼쳐졌을까.

그러던 중, 큰 결심을 했다. 한 학기 후 휴학을 하고 서울로 올라가기로 한 것이다. 이유는 분명했다. 방송 경험도 있었고, 직접 오디션을 보면 금세라도 연예인이 될 수 있을 것 같다는 막연한 자신감 때문이었다. 그러나 현실은 잔인할 정도로 냉정했다. 인생에서 처음 도전한 오디션. 준비한 대본을 손에 쥔 채 설경구 배우의 영화 〈공공의 적〉 명장면을 흉내 내며 무대 위에 섰다. 하지만 목소리는 떨렸고, 손끝도 흔들렸다. 심사위원들의 무표정한 눈빛이 나를 더욱 위축시켰다. 몇 분도 지나지 않아 나온 결과는 탈락이었다. 세상이 무너지는 듯한 허탈감이 몰려왔지만, 동시에 내가 처음 맞닥뜨린 '현실의 무게'를 뼈저리게 느끼는 순간이기도 했다.

그 후 당시 예능 프로그램 〈진실게임〉에 출연할 뻔한 일이 있었다. 이 프로그램은 특정 주제와 소재를 정하고, 관련된 여러 일반인 출연자들이 등장하면 연예인 판정단이 그 주제와 관련된 진실과 거짓을 가려내는 방식이었다. 내가 출연할 회차의 주제는 '진짜 스타의 가족을 찾아라'였고, 배우 황정민의 사촌 동생이라는 설정으로 오디선을 봤다. 출연할 예정이었지만, 영문도 모른 채 방송국 측에서 결국 연락을 주지 않아 출연하지 못했다. 이후로도 몇 번 더 다른 소속사의 오디션을 보았고, 2차까지 합격하기도 했지만, 운은 거기까지였다. 제대로 배우지도 못한 채 꿈만 빨리 이루고 싶은 조급함이 더 힘들게 만들었던 것이다. 결국 잠시 꿈을 내려놓고 군대에 입대했다. 현실에 부딪혀 잠시 멈춘 것일 뿐, 언젠가 다시 타오를 날이 올 것이라 막연히 믿고 있었다. 2년의 군 생활이 끝난 뒤, 내 앞에는 어떤 삶이 펼쳐질까. 무대와 카메라가 나를 기다리고 있을까, 아니면 전혀 다른 길이 내 운명을 이끌어 갈까.

춘천 MT와 방귀 사건

2007년 봄, 대학교 1학년이 된 나는 세상을 다 가진 듯한 얼굴로 첫 MT에 올랐다. 목적지는 강원도 춘천. 버스 안, 기대감이 차올랐다. 머릿속에는 '이제 진짜 대학생이다'라는 자막이 쉬지 않고 떠 있었다. 누군가는 말한다. MT는 설렘+술+추억의 공식이라고. 하지만 우리 방송연예과 신입생들에게 그 공식은 조금 달랐다. 설렘+술+추억+선배의 군기.

학과 특유의 끼와 화려함만큼이나, 선후배 사이의 질서도 엄격했다. 선후배 간에는 반드시 '다나까'식의 격식 있는 존댓말을 사용해야 했고, 선배에게 장난치기 금지, 오토바이 타기 금지 등 심지어 옷차림에 관한 사소한 규칙까지 있었다. 지금 생각해 보면 말도 안 되는 규칙들이 즐비했던 셈이다. 선배들과 함께 공연을 준비하고, 웃고 떠드는 순간에도 언제 집합이 걸릴지 모른다는 긴장감이 늘 따라다녔다.

MT 첫날은 시작은 순조로웠다. 조별로 준비한 무대가 이어졌고, 어떤 조는 춤으로 분위기를 한껏 끌어올렸다. 비트에 맞춰 몸을 흔드는 신입생들의 땀방울은 마치 무대 위 아이돌처럼 반짝였다. 개인기 시간은 그야말로 절정이었다. 누군가는 성대모사로 선배들을 폭소하게 만들었고, 또 다른 누군가는 몸 개그로 바닥을 구르며 무대를 장악했다. 중간중간 우리 학교를 졸업한 선배 가수들이 와서 공연을 선보이며 무대의 열기를 한층 더 끌어올렸다. 그 모습을 보고 비로소 '방송연예과 학생'이라는 실감이 났다. MT는 대학 생활의 즐거움을 온전히 느낄 수 있는 시간이었다.

그렇게 하루가 저물고, 저녁 술자리가 본격적으로 시작되었다. 선배들과 어울려 야자 타임, 고백 타임, 재미있는 술 게임이 이어지며 분위기는 서서히 달아올랐다. 처음엔 건배와 화기애애한 분위기로 가득했다. 그러나 술잔이 오가며 즐거움이 무르익을수록 후배들이 선을 넘는 경우가 생겼고, 이를 놓치지 않은 선배들은 작정이라도 한 듯 한순간에 공기를 바꿔 놓았다. 마침내 한 선배가 벌떡 일어나 큰 소리로 외쳤다.

"선배가 너희들 친구야? 다들 군기가 빠졌어. 전체 다 밖으로 집합!"

순식간에 술기운이 사라졌다. 요즘 대학 생활에서는 선후배 간 친밀도도 예전만큼 높지 않고, 단체 기합 같은 장면은 보기 어렵다. 하지만 말로만 듣던 예술대의 기합을 눈앞에서 보니 가슴이 쿵쾅거렸고, 왠지 모를 기대감도 함께 밀려왔다. 차가운 밤공기와 자욱한 안개가 뒤섞인 눈앞의 풍경은 마치 공포 영화의 한 장면 같았다. 땅바닥에 손을 짚고 팔 굽혀 펴기를 하고, 다시 일어나 앉기를 반복했다. 선배들의 굵고 날카로운 목소리에 맞춰 구호를 외칠 때마다 가슴은 뛰고, 숨은 턱끝까지 차올랐다. 땀방울이 맺힌 채 버티던 몇 분 남짓의 시간은 끝없이 늘어나는 듯 느껴졌다.

그런데 바로 그때였다. '뿡!'

어디선가 튀어나온 한 발의 방귀 소리가 정적을 갈랐다. 마치 북소리처럼, 그 순간 모두의 호흡이 멈췄다. 그리고 선배의 목소리가 울려 퍼졌다.

"방귀 뀐 놈 누구야? … 오진범, 너냐?"

그 상황에 방귀가 그렇게 큰 소리로 나올 줄이야. 놀란 눈으로 둘러보니, 내 앞뒤에는 여자 동기들이 앉아 있었다. 상황상, 방귀의 주인이 나라는 사실을 부정할 여지는 없었다. 게다가 나는 늘 장난기가 많았고, 선배들 앞에서도 방송연예과의 규율에 얽매이지 않고 쭈뼛거리지 않는 편이었다. 자연스레 모든 시선이 나에게 쏠렸다. 순간, 머리가 하얘졌다. 그런데 이상하게도 긴장보다 웃음이 먼저 올라왔다. 나도 모르게 입이 열렸다.

"춘천 닭갈비를… 너무 많이 먹은 것 같습니다."

찰나의 정적이 흘렀고, 이어서 킥킥대는 웃음소리가 터져 나왔다. 동기들의 어깨가 들썩이고, 입을 막고 웃음을 참았다. 그때 다른 선배가 버럭 소리를 질렀다.

"야! 웃은 놈들 정신 안 차리지? 동기는 하나야. 동기가 혼나는데 웃어?"

또 다른 선배는 "오진범, 너 대장 조절 안 돼? 분위기 파악 안 돼?"라며 거들었다.

꾸짖는 말투였지만, 이미 늦었다. 선배의 꾸지람마저 웃음의 불씨가 되어 버렸다. 내 방귀와 함께 동기들의 웃음보는 결국 폭발했고,

옆에 있던 다른 선배들까지 웃음을 참지 못했다. 차갑던 공기는 어느새 웃음소리로 가득 차올랐고, 굳어 있던 얼굴들이 하나둘 풀리면서 억눌린 분위기는 순식간에 사라져 버렸다. 물론 앞으로 불려 나가 명분상 얼차려를 추가로 받았다. 하지만 그때는 이미 분위기가 완전히 바뀌어 있었고, 기합이 아니라 일종의 '개그 무대'가 되어 버린 셈이었다. 배우가 꿈이었지만, 그 사건 이후로는 "넌 배우보단 개그맨을 해야겠다."라는 말을 자주 들으며 학교생활을 하게 되었다. 부끄럽기도 했지만, 동시에 사람들을 웃게 만든 그 순간 덕분에 나를 바라보는 시선이 조금은 달라진 듯했다.

그 자리에 은근히 마음에 두고 있던 여자 동기도 있었다. 그녀 앞에서 방귀의 주인공이 된다는 사실은, 솔직히 말해 몹시 부끄러웠다. 얼굴이 화끈거리고, 순간 모든 시선이 나에게 쏠린 느낌이 들었다. 하지만 다행히 그녀도 웃음을 터뜨렸고, 그 모습에 오히려 마음이 한결 가벼워졌다.

MT라는 것은 언제나 재미와 예상치 못한 작은 해프닝이 뒤섞인 종합 세트 같았다. 그날의 방귀 사건 역시 분명 창피한 순간이었지만, 무서웠던 분위기를 단번에 바꿔 놓은 작은 사건이기도 했다. 웃음과 당황스러움이 뒤섞인 그 순간 덕분에, MT는 선후배 간의 관계를 한층 더 가까워지게 만드는 계기가 되었다. 그때 얼차려를 줬던 선배는 시간이 흘러 종종 TV에 얼굴을 비치는 조연 배우가 되었다. 화면 속 그를 볼 때면 괜스레 반갑고, 동시에 기합받던 그날의 춘천 MT가 떠올라 웃음이 절로 난다. 지금도 가끔 그 이야기를 꺼내면 동기들은 배를 잡고 웃는다.

"야, 진범아! 너 그때 닭갈비 방귀 사건, 07학번 전설이야."

그러면 나는 대답한다.

"그래도 덕분에 기합 빨리 끝났잖아?"

그렇게 춘천 MT의 기억은 방귀 소리와 웃음이 뒤섞인 채 내 마음 속에서 미소를 불러온다. 부끄러움과 유쾌함이 함께한 그 순간들은, 대학 시절의 봄처럼 지금껏 생생하다.

이순재 가마를 들고,
인생을 배웠다

대학 생활을 한 학기 마치고, 더 큰 꿈을 품고 서울로 올라왔다. 낯선 도시에서의 생활은 생각보다 훨씬 분주했다. 지하철은 늘 사람으로 가득했고, 빌딩은 높았다. 하루하루가 얼마나 빠르게 흘러가는지 새삼 느꼈다. 바쁜 일상 속 오디션이 없는 날이면, 나는 엑스트라 아르바이트로 시간을 채우며 경험을 쌓았다. 2007년 한 번쯤은 내 얼굴이 방송 3사의 드라마 어디에서든 한 번쯤은 스쳐 지나갔을 것이다. 안 나온 드라마가 없을 만큼 열심히 참여했고, 작은 배역 하나에도 최선을 다했다. 엑스트라라는 자리는 대체로 조용했다. 주인공을 빛나게 하기 위해 무대 뒤에서 움직이는 그림자 같은 존재. 촬영 현장은 매번 새로웠고, 그곳에 모인 배우와 스태프들의 땀과 열정은 나를 압도했다. 드라마 한 편이 만들어지기 위해 얼마나 많은 노력이 필요한지, 그 현장에서 뼈저리게 느꼈다. 특히 기억에 남는 순간들이 있다.

MBC 사극 드라마 〈이산〉 촬영장에서 잊을 수 없는 순간이 있다. 조선 21대 왕 영조 역을 맡으신, 작년에 고인이 되신 이순재 선생님의 가마를 들었던 날을 기억한다. 무더운 날씨 속 긴 대기 시간이 이어지는 동안에도, 선생님은 가마꾼들에게 "더운데 고생이 많다"며 훈훈한 격려를 건네셨다. 한 장면을 마친 뒤에는 가마에 오르지 않고 직접 걸어 재촬영에 임하시면서도, 그 길에서 주변 사람들을 하나하나 살뜰히 챙기셨다. 어수선한 이동 틈을 타 망설이다가 용기를 내어 다가갔다. 심장이 쿵쾅 뛰었다.

"선생님… 저는 배우가 꿈인데요. 혹시 이렇게 엑스트라 일을 하면서도 배울 게 있을까요?"

순간 선생님은 발걸음을 멈추고 나를 바라보셨다. 눈가에 잔잔한 미소가 번지더니, 특유의 굵고 단단한 목소리로 말씀하셨다.

"배우가 꿈이라면, 자네가 하는 엑스트라 경험에서도 충분히 배울 수 있지. 작은 역할이라도 현장은 다 가르쳐 주는 법이야."

그 한마디는 내 마음 깊숙이 새겨졌다. 무대 위에 선다는 것은 한 사람의 삶 전체를 깎아 내며 올려놓는 일임을, 그 목소리 속에서 배울 수 있었다. 돌아가신 이후에도 후배 배우들이 이순재 선생님의 연기와 인성에 대해 한결같이 높이 평가하는 모습을 보며, 그때 느꼈던 삶의 지혜를 다시 떠올리게 되었다. 비록 지금 다른 삶을 살고 있지만, 그분의 진심 어린 태도와 말들은 이따금씩 내 삶 속에 울림으로 다가온다. 이순재 선생님은 배우로서뿐만 아니라, 한 인간으로서도 오래도록 마음에 감동을 남긴 분이었다.

또 한 번은 KBS 사극 드라마 〈대조영〉에서 거란족을 이끄는 장수로 며칠간 촬영한 적이 있는데, 그곳에서 최수종 배우를 만난 적이

있다. 한거울의 차가운 공기 속, 새벽까지 이어지는 촬영은 모두의
체력을 갉아먹고 있었다. 스태프들은 눈꺼풀이 반쯤 감긴 채 장비를
옮기고, 엑스트라들은 무거운 갑옷을 입은 채 땀과 추위에 시달리며
대기했다. 불편한 의상을 입고 촬영에 임하는 엑스트라들은 마치 실
제 전쟁터에 나와 있는 듯한 느낌을 받기도 했다. 나 역시 지친 몸을
이끌고 순서를 기다리고 있었다. 그런데 최수종 배우는 달랐다. 누
구보다 긴 시간을 촬영했음에도 얼굴에는 항상 미소가 번져 있었다.
촬영이 잠시 멈추는 순간에도 스태프 한 명, 한 명에게 고맙다는 말
을 전했고, 엑스트라 배우들과도 눈을 맞추며 "고생 많습니다."라며
따뜻하게 인사를 건넸다. 그 작은 배려가 얼어붙은 현장에 따뜻한
기운을 불어넣는 것 같았다. 주연 배우라면 당연히 누릴 수 있는 권
위를 내세우지 않고, 오히려 작은 역할 하나에도 존중을 보이는 태
도. 바로 그것이 진짜 배우의 품격이라고 느꼈다.

또 한 번은 MBC 〈PD수첩〉에서 방영된 '중국 수학여행 고등학생
성매매 사건'과 관련해 재연 배우로 참여한 적이 있다. 실제 학생들
을 직접 인터뷰하지 않고, 당시 상황을 대신 연기하는 방식이었다.
선생님에게 기합받는 장면이나 이불 속에 숨어 겁먹은 모습을 맡아
촬영했는데, 마치 현장에 가 본 사람처럼 연기한다고 칭찬을 받았
다. 방송 후에는 목소리를 변조하고 방송에 나갔는데, 왠지 연기를
꽤 잘하는 사람처럼 보이는 듯해 신기하고 재미있었던 기억이다.

그리고 잊을 수 없는 경험 중 하나는 드라마 〈아이 엠 샘〉에 고등
학생 단역으로 고정 출연 했던 일이다. 비록 대사 한 줄 없는 '지나
가는 학생'과 같은 역할이 대부분이었지만, 매번 촬영 현장에 나서
는 것만으로도 설레고 즐거웠다. 그런데 이 드라마의 출연 처리 방식

이 조금 특이했다. 엑스트라 배우들은 촬영 후 반드시 명부에 도장을 받아야 출연이 인정되었다. 그런데 내가 몇 회차 도장 대신 서명한 것을 본 담당자는 "인정되지 않는다"며 내 출연을 처리해 주지 않았다. 그 회차에서 화면에 내가 분명히 나왔음에도, 여러 번 확인을 요청했지만 담당자는 끝내 인정하지 않았다. 그때 촬영 현장에서도 신뢰할 수 없는, 황당하고 무책임한 어른들을 만날 수 있다는 것을 처음으로 깨달았다. 그 경험에서 느낀 억울함과 답답함은 지금 생각해도 참 씁쓸하다.

엑스트라의 삶은 결코 화려하지 않았다. 긴 대기 시간, 쪽잠, 이름 없는 배역들 속에서 중요한 것을 배웠다. 드라마 한 편이 완성되기까지는 연기자의 연기뿐 아니라, 수많은 사람들의 수고와 열정이 모여 이루어진다는 사실이다. 이 경험을 통해 평범한 일상 속 작은 노력도 소중하며, 지금 주어진 자리에서 최선을 다하는 태도가 결국 목표를 향한 중요한 발걸음이 된다는 것을 깨달았다.

휴학 3인방의 기억

그 시절 서울에서 함께 지내던 정해성과 한명웅도 나와 함께 휴학을 했다. 두 친구는 더 큰 무대보다, 대학 생활의 틀을 벗어나 스무 살의 자유, 낯선 곳으로 떠나는 여행 그리고 평소에 해 보지 못했던 다양한 경험을 하며 살아가는 조금 다른 삶을 꿈꾸고 있었다.

"군대 갔다 오면 생각이 달라질 거야."

서로 그렇게 말하며 우리는 각자 아르바이트를 하고, 때때로 짧은 여행을 떠나며 20대의 첫걸음을 헤쳐 나갔다.

서울의 생활은 외로울 틈이 없었다. 셋이 종종 모여 하루의 고단함을 나눴고, 때로는 엑스트라 아르바이트를 함께 다니며 촬영장의 공기 속에 낯선 기대감을 느끼기도 했다. 배우는 배고파야 어울린다며, 우리는 종종 장난스럽게 배우 흉내를 내곤 했다. 값싼 컵라면을 앞에 두고 소주 한 잔 기울이며, 마치 스크린 속 주인공이 된 듯 진지한 표정을 지으며 대사를 읊조렸다. 하지만 그 진지함은 오래가지 못했다. 결국 서로를 보며 웃음을 터뜨렸고, 그 웃음은 새벽까지 이어졌다. 어설프고 서툰 흉내였지만, 그 속에는 젊음의 허세와 미숙한 꿈 그리고 진정한 열망이 담겨 있었다.

그 시절, 휴학 3인방은 전북의 남원춘향제 축제장에도 함께 참여해 배우와 스태프 촬영을 지원한 경험이 있었다. 유서 깊은 전통 행사답게 지역의 문화유산과 현대적 감성이 조화롭게 어우러져 축제는 다채롭고 풍성했다. 특히 미스 춘향 선발 대회의 고운 얼굴들 그리고 연예인들을 누구보다 가까이에서 볼 수 있다는 사실은 우리에게 신기함 그 자체였다. 친구들과 함께하니 일은 힘들기보다는 오히려 더 재미있었다.

이렇게 우리는 청춘의 한 페이지를 함께했다. 시간이 흘러 나는 대구에 있는 학교로 재입학했고, 결국 공무원의 길을 걷게 되었다. 친구들도 각자의 길을 찾아 저마다의 시간을 헤쳐 나갔다. 그렇게 우리는 서로 다른 삶을 살게 되었다. 하지만 여전히 휴학 3인방의 인연은 끊어지지 않고 이어지고 있다. 예전처럼 자주 만나진 못하지만, 가끔 안부를 묻고 목소리를 나누는 짧은 순간에도 그 시절의 기억은 되살아난다. 좁은 방에서 미래를 고민하며 이어 가던 수다와 젊음의 뜨거운 열기는, 지금도 마음속 깊은 곳에서 살아 숨 쉬는 듯하다.

2017년, 친구 정해성과 함께 오사카 여행을 간 적이 있다. 오사카에서 4일간 함께 먹고 자며, 서로의 고민을 솔직하게 나눌 수 있었다. 아직 젊기에 경험해 보지 못한 것들에 대한 궁금증과 호기심을 공유하던 순간은 배우를 꿈꾸던 시절의 대화와는 또 다른 의미로 마음에 남았다. 내 청춘을 알기에, 그는 아직껏 공무원이 된 나를 보며 믿기 어렵다고 했다. 훗날 대기업에 취업한 정해성은 "너의 끊임

없는 도전이 나를 여기까지 이끌었다. 정말 고맙다."라고 말했다. 그 한마디는 종종 나를 스스로 일으켜 세우는 힘이 되곤 한다.

친구 한명웅은 지금까지 본 사람 중 가장 잘생긴 친구였다. 연기는 영 맞지 않았지만, 얼굴 하나만으로도 충분히 연예인이 될 수 있을 것 같았다. 실제로 길거리 캐스팅 제안이나 기획사 연락도 끊이지 않았지만, 그는 늘 웃으며 거절했다. 훗날 술자리에서 고백하길, 사실은 무대 공포증이 있었다고 했다. 잘생긴 외모 뒤에 숨겨진 소심함은 의외였지만, 그 또한 우리에게 친근하게 느껴졌다. 지금은 결혼해 한 가정의 든든한 가장이 되어 안정된 삶을 살아가고 있다. 지금은 각자의 삶이 너무 달라졌고, 책임이라는 이름의 무게가 모두를 붙잡고 있다. 그러나 조만간 07학번으로서 첫 꿈을 꾸던 지 20년이 된다. 그때쯤이면 다시 모여 그 시절 우리가 청춘의 한복판에서 품었던 첫 꿈들을 함께 꺼내어 보고 싶다.

아들아,

그렇게 아빠의 청춘은 흘러갔다. 스무 살, 20대 초반이라는 나이는 참 특별하다. 세상을 향해 달려가면서 수많은 선택을 하고, 때로는 실수도 하고, 뜻대로 되지 않는 일도 만나게 되지. 그때마다 마음이 무겁고 좌절할 수도 있단다.

아빠가 방송연예과에 입학해 대학 시절을 보냈을 때는, 정말 신나고 즐거운 나날이었단다. 술도 마셔 보고, 사랑이라는 감정도 처음 느껴 보고, 새로운 친구들과 어울리며 꿈을 향해 도전하는 두근거림은 고등학교 시절과는 또 달랐지. 비록 그 꿈을 이루진 못했지만, 도전조차 하지 않았다면 평생 후회가 남았을지도 몰라. 이루지 못한 꿈일지라도, 그 꿈을 향해 온 힘으로 살아 낸 시간은 결국 사람을 단단하게 만드는 법이니까.

20대의 실패는 삶을 배우는 과정일 뿐이고, 충분히 용서받을 수 있는 시간이란다. 아빠 역시 젊은 시절 수많은 좌절과 실패를 겪었지만, 그 경험들이 오늘의 아빠를 만들었단다. 故 정주영 회장이 한 말 중에 "실수는 있어도 실패는 없다."라는 멋진 말이 있어. 그러니 아들아, 두려워하지 말고 살아라. 잘못해도, 실수해도 괜찮단다. 중요한 것은 넘어짐을 두려워하지 않고 다시 일어나 한 걸음씩 나아가는 것이란다.

공유랑 군대 동기입니다만

남자의 군대 이야기는 가장 빡센 훈련의 주인공이 되기도 하고, 때로는 영웅담으로 번져 평생의 술안주가 되곤 한다. 군 생활을 하다 보면 예상치 못한 순간들이 불쑥 찾아오는데, 내게도 그런 특별한 기억 하나가 있다. 바로 '기차 안에서 시작된 작은 만남'이다. 세월이 흘러도 그 기억은 보석처럼 빛나고 있다.

나는 2008년 1월, 입대했다. 대한민국 남자라면 피할 수 없는 길이었다. 기왕 가야 할 길이라면 조금 더 멋있게, 남들과 다른 선택을 하고 싶어 장갑차 조종수 특기병으로 지원했다. 논산훈련소에서 5주간의 기초 훈련을 마친 뒤, 4주간 후반기 교육을 받기 위해 전남 장성에 있는 상무대로 향하던 날이었다. 기차에 올라 자리에 앉자, 내 옆에 낯익은 얼굴이 보였다. 처음에는 착각인가 싶었지만, 곧 확신할 수 있었다. 스크린에서만 보던 바로 그 배우, 공유였다. 훈련소 시절부터 그의 입대 소식은 큰 화제였다. 기자와 팬들의 관심이 쏟아져

훈련소 앞이 마비될 정도였으니까. 그런 인물을 실제 눈앞에서 마주한 순간은 말로 다 표현할 수 없을 만큼 놀랍고 신기했다.

"어… 공유?"

내 입에서 무심코 튀어나온 말이었다. 믿기 어려운 일이었다. 드라마와 영화 속에서만 보던 배우가 바로 옆자리에 앉아 있다니. 그의 본명은 공지철이었다. 한쪽 팔에 깁스를 한 채 군복을 입고 조용히 앉아 있는 그는, 더 이상 스크린 속 스타가 아니었다. 그저 지친 얼굴의, 평범한 병사 한 사람이었다. 물론 삭발한 머리에도 불구하고 큰 키와 뚜렷한 이목구비는 감출 수 없었다.

그는 입대 전 드라마 〈커피프린스 1호점〉으로 큰 인기를 누린 뒤, 화제 속에서 다소 늦게 군에 들어왔다고 했다. 이렇게 가까이 앉아 대화를 나누게 될 줄은 꿈에도 몰랐다. 기차가 달리기 시작하자 자연스레 이야기가 이어졌다. 군 생활에 대한 기대와 걱정, 일상적인 잡담까지. 조심스럽게 내 이야기도 꺼냈다. 입대 전 방송연예과에 다녔고, 배우를 꿈꾸고 있다고. 연예인 앞에서 말하기 민망했지만, 그는 소탈하게 귀 기울여 주었다. 유명 배우라는 사실은 대화 몇 마디만에 잊혔다. 내 옆자리에 앉은 전우일 뿐이었다. 잠시 후, 기차 안에서 중식 시간이 되자 우리는 미리 받은 전투 식량을 꺼냈다. 그런데 그가 깁스를 하고 있어 혼자서는 포장을 뜯기 어려워 보였다. 나는 주저하지 않고 말했다.

"제가 뜯어 드릴게요."

연예인을 도와줄 기회라니, 순간 감격스러웠다. 봉지를 찢어 건네자 그는 환하게 웃으며 고마움을 전했다. 그렇게 우리는 전투 식량을 나눠 먹었다. 손가락 사이사이로 진공 포장된 직사각형 은색 알

루미늄 호일을 하나씩 끼워 넣으며 야무지게 밥을 먹는 나를 보더니, "너 정말 맛있게 먹는다."라고 말했다. 그 순간, 연예인보다 잘하는 게 하나쯤은 있는 것 같아 괜히 어깨가 으쓱했다. 평소라면 심심하고 단조롭게 느껴졌을 그 맛이, 그날만큼은 흔한 전투 식량이 유난히 특별했다. 소문을 들은 다른 전우들이 하나둘 우리 자리를 기웃거렸고, 교육생을 인솔하는 조교들조차 그에게 사인을 부탁했다. 하지만 그는 깁스를 한 팔 때문에, 정중히 거절했다. 이런저런 이야기를 나누다 보니 기차가 장성역에 다다르고, 헤어질 시간이 되자 그가 말했다.

"어? 넌 사인해 달란 소리를 안 하네?"

"마음은 굴뚝같지만, 깁스를 하고 계시잖아요."

그는 피식 웃더니, "그래도 세 시간 같이 온 인연인데, 한 장쯤은 해 줄 수 있지."라며 불편한 손으로, 정성스레 사인을 남겨 주었다. 후반기 교육 기간에도 우리는 종종 마주쳤다. 훈련소 때보다 조금 더 자유로운 일과 속에서 함께 농구를 하기도 했고, 멀리서도 먼저 손을 흔들며 인사하던 그의 모습은 아직도 생생하다. 그럴 때마다 괜스레 가슴이 뿌듯했다. '내가 군대에서 공유와 농구를 하고, 이야기를 나눈 전우라니…!' 시간이 흐를수록 그 사실은 마치 꿈을 꾼 것처럼 신기한, 하나의 무용담으로 느껴졌다. 때로는 스크린 속 스타였던 그가 내 옆에 있는 모습이 너무나 비현실적이어서 마치 꿈결 같은 하루하루가 이어지는 것만 같았다.

전역 후, 가끔 TV 광고나 영화 속에서 그의 얼굴을 보면, 화면 속 반짝이는 모습만으로도 그때의 인연이 떠오른다. 가까이서 대화를 나누어 보니 그는 단지 잘생긴 외모만 가진 사람이 아니었다. 말투와 행동에서 느껴지는 따뜻함, 배려심 깊은 성격, 그리고 소소한 유머까지 갖춘 사람이었다. 돌이켜 보면, 군 생활은 누구에게나 단조롭고 고단한 시절이다. 하지만 그 속에서 만난 특별한 인연은 오래도록 빛난다. 내게는 '공지철'이라는 이름이 바로 그렇다. 한때 같은 군복을 입고 훈련을 받으며, 기차에서 전투 식량을 나눠 먹던 전우. 세월이 흘러 그 이야기를 꺼내면 사람들은 눈을 크게 뜨며 묻는다.

"진짜 공유랑 같이 군 생활 했어?"

그러면 나는 괜히 어깨를 으쓱하며 대답한다.

"그럼. 지철이 형이랑은 기차에서 나란히 앉은 게 시작이었지."

그러면서 잠시 우쭐해지며, 말끝에는 나도 모르게 웃음이 번진다. 언젠가 그를 만나게 된다면, "저, 그때 후반기 교육 갈 때 옆자리에서 전투 식량을 함께 먹었던 전우입니다."라고 말하면 과연 나를 알아볼까? 생각만 해도 절로 미소가 지어진다.

10초 만에 갈린 내 인생

군 생활을 하다 보면 평생 잊히지 않는 장면들이 있다. 나도 그렇다. 거대한 사건도 아니고, 훈련소 첫날 같은 상징적인 순간도 아니다. 내게는 단 10초, 아주 짧았던 선택의 순간이 평생 마음에 각인되어 있다. 후반기 교육에서 장갑차 조종 교육을 받을 때의 일이다. 후반기 교육은 훈련소의 빡빡한 규율과는 달리, 훨씬 자유로웠다. 선임도 없었고, 생활의 구속도 덜했다. 식사 후에는 운동장에서 땀을 흘리기도 했고, 저녁 점호 전에는 잠깐이지만 하늘을 바라볼 여유도 있었다. 하지만 4주 뒤 모두가 어디로 배치될지, 어떤 길을 걷게 될지 알 수 없었기에, 후반기 교육을 받는 장병들 사이에는 알 수 없는 기류가 감돌고 있었다. 그리고 또 하나 만만치 않은 것이 있었다. 매일 조종 교육을 위해 넘어야 했던 언덕, 이름부터 숨이 막히는 '헐떡고개'였다. 하루 두 번씩 그 고개를 오르내릴 때마다 다리에 쥐가 나고, 폐 속 공기가 다 빠져나가는 듯했다. 땀에 젖은 군복이 바람에 달라붙을 때면 '이 길이 끝나긴 하는 걸까' 싶은 생각마저 들었다. 후반기 교육 2주차 즈음, 뜻밖에도 중대장이 나와 다른 동기 한 명을 불렀다.

"오진범, 박진범."

순간, 이름이 불리자 가슴이 철렁했다. '내가 뭘 잘못한 게 있나?' 하는 생각이 스쳤다. 공교롭게도 내 동기 중에는 나와 성만 다르고 이름이 같은 전우가 있었다. 우리는 키도 비슷했고, 인상이 남자답고 강하다는 이야기를 종종 들었다. 그래서였을까. 중대장은 우리 둘을 나란히 세워 놓고 말을 꺼냈다.

"너희 둘은 이름도 같고, 전우들 사이에서 리더십도 좋아 보이네. 조교를 해 보는 게 어떨까?"

그 순간, 내 귀를 의심했다. 누군가에게는 부담스러운 자리였지만, 또 다른 누군가에게는 특별한 기회였다. 장갑차라는 묵직한 철의 괴물을 누구보다 능숙하게 다루고, 수많은 후임 장병들을 가르치며 이끄는 자리. 군 생활에서 결코 흔히 주어지지 않는 기회였다.

"고민을 좀 해 보면 안 되겠습니까?"

"고민할 게 뭐가 있어. 군 생활은 다 똑같아. 국방부 시계를 거꾸로 놔둬도 시간은 똑같이 가. 10초 안에 대답해."

중대장의 단호한 말에 마음이 더욱 복잡해졌다. 단 10초도 되지 않는 순간, 하지만 내겐 길고, 무겁게 느껴지는 선택의 시간이었다. 그리고 결국 이렇게 말했다.

"저는 야전부대에 가고 싶습니다."

그 선택으로 조교의 길은 내 것이 되지 않았다. 옆에 있던 전우가 그 자리를 맡게 되었고, 내 선택대로 야전으로 향했다. 당시 야전이야말로 진짜 군인의 길이라 믿었다. 땅 냄새가 배어 있는 전형적인 군인의 삶, 훈련장에서 땀을 흘리며 뛰고 흙먼지를 뒤집어쓴 채 하루를 마감하는 것. 그것이 군인의 본분이라고 생각했다. 물론, 그 짧은 생각 속에서도 조교를 하게 되면 매일 '헐떡고개'를 오르내려야 한다는 상상만으로 숨이 막힐 것 같았다. 그렇게 조교 자리를 포기하고 후반기 교육을 무사히 마친 뒤, 경기도 가평의 수도기계화보병 사단으로 자대 배치를 받았다. 그곳에서 만난 인연과 경험 그리고 여러 선택들이 차곡차곡 쌓이면서 연예인의 꿈은 서서히 멀어졌다. 그렇게 돌고 돌아 지금의 자리까지 오게 된 것이다. 현재까지도 16년째 '맹호인의 밤'이라는 모임을 통해 전우들과의 인연을 이어 가고 있다.

군대라는 곳은 때로 단 10초의 선택 혹은 중요한 상황에서 어떻게 줄을 서느냐에 따라 여단이 달라지고, 대대와 중대가 갈리기도 했다. 만약 그때 후반기 교육 교관으로 남아 있었다면, 누군가를 가르치는 일이 멋지게 느껴져 장기 복무를 결심했을지도 모른다. 그것을 내 인생의 가장 짧고 중요한 선택, '10초의 길'이라 생각한다. 세월이 흘러도, 그 순간의 망설임은 내 지나온 길 위에 한 페이지에 강하게 각인되어 있다. 상무대의 봄, 철의 괴물처럼 묵직했던 장갑차와 숨이 턱까지 차오르던 헐떡고개도 잊히지 않지만, 내 가슴에 가장 무겁게 남은 것은 단 10초, 그 짧은 순간의 선택이었다.

아들아,
짧은 순간의 선택이었지만, 그 결정 하나가 아빠 인생의 길을 바꿨단다. 조교가 되는 길도 멋졌겠지만, 아빠는 다른 길을 선택했어. 인생에는 짧지만 결코 가볍지 않은 선택들이 있단다. 눈앞의 기회와 네가 바라는 길 사이에서 고민이 될 때가 있을 거야. 그럴 때 두려워하지 말고, 스스로 믿는 길을 택하렴. 그 선택 하나가 훗날 너를 만들어 줄 거야.

내 군 생활의 마지막 전투는
전투화였다

군 생활 내내 수도 없이 외쳤던 "휴가 나가고 싶다!"라는 말이 마침내 현실이 되었다. 복귀하고 나면 며칠 뒤 전역이라는 사실이 주는 해방감은 이루 말할 수 없었다. 마음은 들떠 있었고, 휴가를 나옴과 동시에 오히려 복귀하고 싶은 기분까지 들었다. 우리 부대는 휴가를 나오면 곧장 집에 가지 않고, 같이 나온 선·후임과 함께 술자리를 갖는 것이 일종의 전통처럼 되었는데, 그 시간이 결코 싫지 않았다. 휴가 첫날에 느끼는 해방감과 설렘, 그 특별한 기분은 군필자라면 누구나 이해할 수 있을 것이다.

2009년 12월, 그렇게 마지막 휴가를 나왔고, 함께 나온 후임 두 명과 청량리역 근처에서 술자리를 가졌다.

"난 휴가 복귀하고 3일 있으면 전역이야. 앞으로 형이라고 불러."

내 말에 후임들은 자신들의 까마득한 남은 군 생활과 비교하며 나를 부러워했고, 어느새 형이라 부르며 거리낌 없이 말을 붙였다. 그렇게 술자리는 점점 무르익어 갔다. 술잔은 이리저리 돌며 금세 비워졌다. 우리는 미친 듯이 웃고 떠들었다. 며칠 뒤면 전역이었기에 이 순간은 오히려 오래 기억될 좋은 시간이었다.

"야, 말년 휴가는 마셔도 취하지 않는다니까~"

나는 허세 섞인 소리를 내뱉으며, 두 번째 병을 비웠다. 물론, 그 말은 완벽한 거짓이었다. 얼큰하게 취한 몸을 이끌고 동서울터미널로 향했다. 후임들과 인사를 하고 고향으로 돌아갈 버스에 오르기 전, 괜히 배가 허전해 눈앞에 보이는 햄버거 하나를 사 먹었다. 그때까지만 해도, 이 선택이 이후의 작은 비극을 부를 줄은 몰랐다. 버스에 오르니 생각보다 한적했다. 나를 포함해 다섯 명 정도가 군데군데 앉아 있었고, 창밖으로 스쳐 가는 서울의 어두워진 불빛이 마음속 안도감을 불러일으켰다. 사람들의 조용한 숨소리, 차창에 비친 불빛, 바람에 흔들리는 나무 그림자까지, 모든 것이 그 순간만큼 평화로웠다. 술기운에 뒷 좌석에 몸을 깊숙이 파묻고, 잠시나마 군 생활의 무거운 짐을 내려놓았다.

"조금만 쉬면 된다. 집이 코앞이다. 복귀만 하면 전역이다."

그러나 편안함은 오래가지 않았다. 버스가 출발한 지 얼마 되지 않아, 속에서 불길한 파도가 몰려오기 시작했다.

"아… 이거 오는데…."

순식간에 얼굴이 하얗게 질렸다. 기사님께 내려 달라고 하기엔 아직 서울 시내 한복판. 차는 꼼짝없이 막혀 있었고, 도망칠 곳은 없었다.

"나올 것 같은데…. 하… 어떡하지?"

고속버스의 창문은 통유리라 열 수 없었고, 비닐봉지도 없었다.

이 끓어오르는 위기의 파도를 감출 수 있는 단 한 곳, 눈에 들어온 것은 바로 내 깊숙한 전투화였다. 재빠르게 신고 있던 전투화 끈을 풀었다. 그 속으로 고개를 숙였고, 은밀하게—그러나 절대 소리가 새어 나가지 않도록— 정확히 쏟아 내야 했다. 전투화는 순식간에 제 기능을 잃었다. 식은땀이 미친 듯이 흘렀다. 다행히 다른 승객들은 아무것도 모르는 듯 제 자리에 앉아 있었다. 그 순간만큼 군 생활을 통틀어 가장 치열한 전투였다.

"괜찮아, 휴게소에서 비우자. 내려야 하는데 신발이 없으면 곤란한데…. 조금만 참자…."

스스로를 위로하며 전투화를 살며시 바닥에 내려 두고, 발로 지긋이 눌렀다. 냄새라도 새어 나가면 끝장이었다. 그렇게 안도의 한숨을 내쉬며 눈을 감았다. 그러나 술기운은 잔혹했다. 그대로 곯아떨어지고 말았다. 눈을 떴을 때, 버스는 이미 고향 근처에 다다라 있었다. 창밖으로 익숙한 산과 논이 스쳐 지나갔고, 함께 탄 승객들은 이미 내려 버스 안은 더욱 조용해졌다. 발끝을 내려다보니, 축축하고 끈적한 전투화가 놓여 있었다. 그 순간 머릿속이 번쩍였다. '이거… 기사 아저씨가 눈치채면 어쩌지?' 버스가 도착하자 결단을 내렸다. 맨발로, 아무 일도 없었다는 듯 슬그머니 버스에서 내린 것이다. 기사 아저씨가 내 뒷모습을 쳐다보며 물었다.

"왜 신발이 없어요?"

잠시 머뭇거렸지만 곧 정신을 차리고 재치를 발휘해 말했다.

"발에 쥐가 나서 좀 벗었어요."

나는 그 말을 하며 일부러 다리를 저는 시늉까지 보탰다. 기사 아저씨는 기지개를 켜며 웃더니 말했다.

"말년 휴가인가 보네? 휴가 잘 보내고 와요~"

그 한마디를 끝으로, 마치 첩보 영화의 주인공처럼 흔적도 없이 버스에서 사라졌다. 고향 집에 도착하자 부모님이 반갑게 맞아 주셨다. 그리고 곧바로 물었다.

"아니, 전투화는 어디 갔어?"

나는 또 한 번 멈칫하다가, 조심스레 입을 열었다.

"엄마, 아빠 사실 그 전투화 안에는 제 비밀이 있습니다. 하지만 말씀드릴 수는 없어요."

전투화는 이후에도 은밀한 냄새를 풍기며 나를 괴롭혔다. 신고 다니면 발끝에서 은근한 술 냄새가 올라오는 것 같았다. 군 생활의 마지막을 장식한 것은 힘찬 경례가 아니라, 바로 전투화 속 오바이트와 맨발 탈출극이었다. 시간이 한참 흘렀지만, 그 기억은 여전히 웃음을 터뜨리게 만든다.

스물셋,
미역으로 단단해졌다

2010년, 연예인의 꿈을 접고 당시 취업이 잘되는 대구의 모 전문대 산업설비자동화과에 다시 입학했다. 07학번에서 10학번으로, 다시 새내기가 된 셈이었다. 끝이 보이지 않는 무대 위의 꿈을 계속 붙잡고 있기에는 현실의 벽이 점점 높게 느껴졌다. 그렇게 나는 보다 현실적이고 확실한 길을 선택하기로 했다. 부모님도 군대에서 철이 들고 돌아왔다며 내 결정을 반기시는 듯했다. 다시 시작했으니, 이번만큼은 무조건 끝까지 해내고 싶었다.

'2년 뒤엔 좋은 스펙을 갖춰, 반드시 대기업에 들어가겠다.'

그 꿈을 준비하던 겨울 방학, 기숙사 룸메이트의 권유로 대구 매천시장의 '백번상회'에서 미역 상하차 일을 시작했다. 새벽 4시, 아직 어둠이 짙게 깔린 시간에도 시장은 이미 분주하게 살아 움직이고 있었다. 스물세 살 겨울은 내가 가장 열심히 살았던 시기였던 것 같다. 체력과 정신 모두 가장 젊고 건강했기 때문이다. 이른 새벽 출근을 위해 새벽 3시 반에 일어나야 했고, 그 시간에는 버스가 다니지 않아 자전거를 타고 시장으로 향했다. 그 길에는 그 시간까지 술을 마시던 사람들도 있었고, 하루를 시작하기 위해 출근하는 사람들도 있었다. 같은 시간대, 바람에 흩날리는 낙엽처럼, 서로의 삶이 겹쳐 스쳐 지나갔다.

시장에 도착하면 거친 목소리와 흥정 소리, 발소리가 공기를 진동시켰다. 또 다른 곳에서는 오토바이와 트럭이 분주히 오가며 물건을 싣고 내리며 소란을 만들었다. 손님과 상인, 운반꾼 모두 숨 가쁘게 움직이는 가운데, 그 속에는 생계를 지켜야 한다는 절박함과 매일 살아 내야 한다는 강렬한 의지가 담겨 있었다. 새벽 시장은 단순한 장터가 아니었다. 치열하게 살아가는 사람들의 결심과 땀, 하루를 버텨 내기 위한 열정이 스며 있는 공간이었다.

내가 다루던 미역 자루 하나의 무게는 50킬로그램을 훌쩍 넘었다. 물기를 머금은 포대는 어깨에 메는 순간, 숫자 이상의 압박으로 다가왔다. 물기가 스며든 옷은 몸을 파고들어 살을 따갑게 찌르고, 바닥은 항상 축축하고 미끄러워 방심하면 자루와 함께 넘어질 수 있었다. 손바닥은 갈고리 자국으로 벌겋게 부풀었다. 조금이라도 힘을 아끼려면 위험을 감수하며 갈고리를 잡을 수밖에 없었다. 그렇게 쏟아진 미역은 작업장에서 10여 명의 아주머니들이 1관 4킬로그램씩 소분했다. 이후 배달용 오토바이와 도매상 차가 오면 개수에 맞춰 팔기 위해 미역을 실었고, 그렇게 대구 전역 시장과 마트로 미역이 공급되었다. 그 일을 하면서 어떤 분들은 "우리 아들도 자네와 동갑인데…"라며 나를 안타까워하기도 했고, 또 어떤 분들은 "우리 아들은 집에서 매일 노는데, 이렇게 열심히 일하는 모습이 멋지다"며 나를 응원해 주기도 했다. 사장님은 참 좋은 분이셨다. 단순히 필요한 일을 시키는 데 그치지 않고, 인생에 대한 조언까지 아끼지 않으셨다. 무엇보다 '돈보다 사람이 먼저'라는 철학을 몸소 실천하셨다. 계산은 항상 정확하게 하시면서도, 일과 후 직원들에게 쓰는 돈은 결코 아끼지 않으셨다. 회식도 종종 열어 주시고, 아르바이트생이었지만 설날에는 보너스까지 챙겨 주신 분이었다.

당시 미역 상하차를 위해 트럭을 몰던 기사 형은 나와 또래였지만, 이미 한 집의 가장이었다. 새벽 4시까지 이곳에 미역이 도착하려면, 그는 새벽 2시, 나보다 훨씬 이른 시간에 일어나 부산 기장까지 졸음을 견디며 다녀와야 했다. 트럭 뒤에서 쪽잠을 자는 것이 그의 일상이었다. 그의 성실한 삶을 보며 깊이 존경했지만, 동시에 이 소중한 시간을 헛되이 보내지 않고, 스스로 선택한 길을 준비해 가야겠다고 다짐했다.

따뜻한 기억도 있었다. 미역 배달을 마치고 남은 미역을 정리하던 중, 한 할머니가 그 미역을 주워 가는 모습을 보았다. 한겨울임에도 옷이 얇아 보여 걱정스러웠고, 마음이 무거웠다. 그 모습을 본 나는 장사하다 남은 미역 자투리 중, 최대한 좋은 것만 골라 작은 봉지에 담아 할머니께 드렸다. 할머니는 이미 굽은 허리를 더 깊이 숙이며 "고맙습니다."라고 말씀하셨고, 이어 "내일 영감 생일이라 국 한 그릇 끓여 주려고 이렇게 젊은 사람 앞에서 부끄러운 모습을 보입니다." 라고 덧붙이셨다. 그 애잔한 말투와 감사의 눈빛은 오래도록 마음에 남았다. 며칠 뒤, 할머니는 또 한 번 나타나 요구르트를 내 손에 쥐어 주고 유유히 사라졌다. 그 짧은 만남과 작은 나눔 속에서, 사람 사이의 따뜻함과 배려가 얼마나 큰 울림을 줄 수 있는지 느낄 수 있었다.

이따금씩 시장 사람들은 내 입담을 보며 "장사가 어울린다. 하면 큰돈 벌 거다."라며 권유했지만, 고개를 저었다. 장사는 내 길이 아니었다. 그들의 삶은 존경스러웠지만, 단지 그 치열함만 배우면 충분했다. 한 달 품삯은 150만 원. 스물세 살의 나에겐 큰돈이었다. 마지막 날, 사장님은 내 손을 꼭 잡으며 "정말 고생 많았다"는 말과 함께 약속보다 많은 봉투를 건넸다. 그 순간, 손끝에 맺힌 소금기와 어깨 통증, 발바닥의 고통이 모두 보상받는 듯했다. 얻은 것은 품삯만이 아니라, 돈이 땀과 고통 속에서 자라며 사람들의 하루가 결코 평범하지 않다는 깨달음이었다. 포기하고 싶을 때면 매천시장에서 미역 자루를 짊어지던 나를 떠올린다.

아들아,

아빠는 새벽시장에서 어둠이 채 가시기도 전에 하루를 시작하는 많은 사람들의 모습을 보며 많은 것을 배웠단다. 끈기와 절실함이 어떤 얼굴을 하고 있는지, 책임감이 사람을 어떻게 곧게 세우는지, 그 새벽 공기 속에서 아빠는 그 모든 것을 마음 깊이 새겼단다. 그때 배운 것들이 지금의 아빠를 만들었고, 언젠가 너에게도 이런 교훈을 남겨 줄 일들이 한 번쯤 펼쳐지면 좋겠다.

적당한 거리

첫 대학 시절, 오리엔테이션 날 우연히 옆자리에 앉은 것이 인연이 되어, 우리는 곧 '룸메이트'가 되었다. 그는 나보다 두 살 많았고, 개그맨의 꿈을 안고 대학 생활을 다시 이어 가는 꿈 많은 청년이었다. 수업이 끝나면 함께 밥을 먹고, 오리엔테이션 장기자랑 연습을 하며 재미있고 분주한 대학 생활을 보냈다. 그는 무대 위에서는 늘 자신감이 넘쳤지만, 자신보다 어린 선배들과의 관계 그리고 동기들 사이에서 느끼는 거리감 때문에 사람들에게 먼저 다가가기 어려워했다. 그럴 때마다 나는 그를 다른 동기들과의 술자리로 데리고 가 자연스럽게 사람들과 이어 주곤 했다.

그는 참 좋은 사람이었다. 낯선 도시, 외로운 자취방에서 우리는 서로에게 큰 의지가 되어 주었다. 학교에 오기 전, 그는 각종 행사에서 개그맨들을 따라다니며 보조 MC로 활동했던 이야기를 자주 들려주었다. 나는 그 이야기들에 넋을 빼앗기듯 빠져들었고, 그의 애

드리브는 듣는 사람을 단번에 웃게 만들 만큼 재치가 넘쳤다. 배우를 꿈꾸던 나에게 그는 개그가 더 잘 어울린다며, 언젠가 함께 무대에 서 보자는 이야기를 건네기도 했다. 또 기회가 된다면 꼭 같이 〈개그콘서트〉 오디션을 보자는 계획도 세워 보았다. 하지만 그는 보기와는 달리, 외로움이 많고 걱정이 많은 사람이었다. 모든 불행이 마치 그에게만 닥치는 듯 여겼고, 그래서였을까. 잠들기 전까지 하루 동안의 고민과 마음속 이야기를 끝없이 털어놓곤 했다. 처음에는 괜찮았다. 누군가의 이야기를 들어 주는 일이 위로가 될 수 있는 존재임을 느끼게 해 주었다. 하지만 시간이 지날수록 상황은 조금씩 달라졌다. 내 하루와 감정은 점점 묻히고, 그의 고민 속으로 내 삶이 녹아드는 기분이었다. 그의 이야기에 귀 기울이느라 내 목소리는 점점 작아졌다.

그러다 나는 한 학기를 마친 뒤 휴학을 하고 서울로 떠났고, 그는 그대로 학교생활을 이어 갔다. 예전처럼 긴 대화를 나누지는 않았지만, 우리는 가끔 전화를 통해 개그 이야기와 시시콜콜한 이야기를 나누었다. 이후 자연스럽게 둘 다 군대에 가게 되었고, 그렇게 2년이라는 세월이 흘렀다. 시간은 참 빠르게 흘러 사람의 생각과 마음까지 바꾸는 것 같았다. 나는 대구의 학교로 진로를 바꾸면서, 함께 꿈꾸던 대학 친구들과의 연락도 자연스레 끊어졌다. 한편, 그는 휴학을 하고 학비를 벌며 여전히 자신의 길을 준비하고 있었다. 우리의 인연은 이렇게 끝날 줄 알았는데, 예상치 못하게 그에게서 전화가 걸려 왔다.

"진범아, 기억나? 우리 예전에 〈개그콘서트〉 오디션 보자고 했잖아. KBS 홈페이지에 특채 공고가 떴더라. 우리 한번 나가 볼래?"

그의 목소리에는 강한 포부와 단단함이 느껴졌다.

"아, 정말요⋯. 그런데 저는 지금 다른 대학을 다니고 있어서 쉽지 않을 것 같아요."

전화를 끊은 뒤, 내 가슴은 두근거렸다. 연예인의 꿈을 접고 진로를 바꿨지만, 마음 한구석의 연예인이라는 첫 번째 꿈은 완전히 사라지지 않았던 것이다. 그 무렵, 학과에서 우수 학생으로 선발되어 방학 동안 필리핀 연수를 앞두고 있었지만, 그의 전화 한 통이 마음을 흔들었고 '어쩌면 이번이 마지막 기회일지도 모른다'는 생각이 머릿속을 떠나지 않았다. 누구나 한 번쯤 꿈꾸는 무대, 〈개그콘서트〉가 눈앞에 아른거렸다. 며칠을 고민하던 나에게 그는 자신의 집으로 와 함께 합숙하며 집중적으로 연습해 보자고 제안했다. 결국 어렵게 얻은 필리핀 연수의 기회를 포기하고, 다시 한번 꿈을 좇기로 결심했다. 방학과 동시에 간단히 짐을 챙겨 기차에 올랐을 때, 가슴은 오랜만에 뜨겁게 뛰고 있었다. 몇 년 만에 만난 그는 생각보다 더 반가웠고, 우리는 개그 이야기를 나누며 어색함 없이 금세 옛 시절로 돌아갔다.

개그 연습을 위해 합숙을 시작했지만, 그는 내가 오기 전부터 이미 일을 하고 있었고, 나 또한 생활비를 보태기 위해 그가 일하던 아르바이트에 합류했다. 우리는 함께 일하고, 함께 연습했다. 아르바이트를 하기 전 이른 아침이면 우리는 근처 초등학교 운동장에 올라 콘티를 짜고, 아침 운동을 하는 사람들을 대상으로 개그를 선보였다. 지금 생각하면 조잡하고 억지스러웠지만, 우리는 무언가를 보여주겠다는 기대감으로 가득 차 있었다. 연습을 거듭할수록 우리는 대학 시절보다 더 가까워졌다. 타지에서 지내던 나에게 의지할 사람은 그뿐이었고, 자연스레 관계는 더욱 깊어졌다. 하지만 한편으로는 설명하기 어려운 미묘한 거리감도 감돌았다. 어느새 우리는 갑과 을처럼 묘하게 얽혀 있었고, 점점 내 목소리를 잃고 있었다. 다시 찾아온 꿈을 향해 달리고 싶은 마음과 그에게 상처를 주고 싶지 않은 마음이 계속 충돌하며 내적 갈등이 연습 내내 나를 짓눌렀고, 불편함이 자리했다.

그는 어느 순간 자신의 고민과 아르바이트에서 겪은 사람들의 이야기를 나에게 쉴 새 없이 털어놓았다. 들을 때마다 마음이 무거워졌고, 대학 시절 함께 웃고 울던 기억과 아낌없이 베풀어 주던 마음이 떠올라 차마 "그만하자"는 말을 꺼낼 수 없었다. 오디션이 불과 일주일 앞으로 다가왔지만, 그는 연습보다 자신의 일상과 고민에 마음을 두고 있었다. 결국 참다 못해 단호하게 입을 열었다.

"형님, 그만하시지요. 개그 연습 하러 왔지 제가 형 말 들어 주러 온 게 아닙니다."

그는 내 말에 당황했다. 자기 집에서 재워 주고 먹이며 나를 충분히 배려했다고 생각했던 그는, 서운함을 느꼈던 것이다. 결국 우리는 마음이 어긋난 채로 오디션에 나가지 못했다. "연습한 게 아까우니 눈 딱 감고 오디션만이라도 함께하자"고 했지만, 이미 틀어진 마음은 돌이킬 수 없었고, 그의 서운함은 끝내 풀리지 않았다. 그 짧았던 한 달이 지나고, 다시 학교로 복귀했다. 필리핀 연수도, 개그콘서트의 꿈도 이루지 못한 채 묻어 두었다. 그해의 여름은 그렇게 허무하게 지나갔고, 내 마음에는 알 수 없는 공허함이 남아 있었다. 가끔 그 동기가 생각난다. 좋은 사람이었다. 다만, 우리에게 부족했던 것은 단 하나, 서로에게 숨 쉴 틈을 주는 '적당한 거리'였다. 그때는 몰랐다. 서로의 마음을 다 알 수 있을 만큼 가까워지는 것이 항상 좋은 일이라고만 생각했다. 하지만 지금은 안다. 진짜 좋은 관계란, '항상 함께 있는 사이'가 아니라, 모든 관계에서 적당한 거리가 필요하다는 것을.

아들아,

아무리 친한 사이라도 서로에게 숨 쉴 틈을 주지 않으면 마음이 지칠 수 있다는 걸 알게 되었지. 사람과의 관계에서 중요한 건 항상 붙어 있는 것이 아니라, 서로를 존중하며 적당한 거리를 두는 거란다. 때로는 떨어져 있어도 마음은 언제나 따뜻할 수 있단다.

도를 아십니까?

20대 초, 여름이었다. 방학을 맞아 친구와 단기 아르바이트를 하기로 하고, ㄷ대학 근처 친구의 자취방에서 며칠을 지내고 있었다. 특별할 것 없는 저녁을 보내고 있던 중, 갑자기 문을 두드리는 소리가 들렸다.

"계세요? 죄송한데요, 목이 말라서 그런데 물 한 잔만 얻어 마실 수 있을까요?"

아리따운 여성의 목소리였다. 친구는 마치 이런 일이 한두 번이 아니란 듯, 경고했다.

"절대 열어 주지 마. 그냥 모른 척해. 도 닦는 사람들이야."

'도를 아십니까!' 길거리나 원룸촌에서 예고 없이 등장해, 대개는 돈을 목적으로 무속 사기나 포교 활동을 하는 사람들. 보통이라면 모른 척하거나 적당히 둘러대며 보냈을 것이다. 하지만 그날의 나는 달랐다. 그 순간, 머릿속에서 장난 스위치가 '딸깍' 하고 켜졌고, 엉뚱한 상상이 자연스럽게 떠올랐다.

"그래도 물 한 잔 정도는 줘도 되지 않나?"

친구의 동의 없이 문을 열어 버렸다.

"안녕하세요. 덥지요? 들어오세요."

그 순간, 포교자의 얼굴에는 '어?' 하는 표정이 스쳤다. '이게 아닌데?' 하는 당혹감이 그대로 드러났다. 아마 방 안에 있던 우리의 모습이 그의 예상과는 달랐던 모양이다. 친구는 더운 자취방에서 상의를 벗고 있었고, 나 역시 검은 나시 차림이었다. 며칠간 야외에서 일한 탓에 구릿빛으로 그을린 피부까지 더해지니, 얼핏 보면 동네 불량배처럼 보였을지도 모른다. 아마 포교자는 잠시 머릿속이 복잡해졌을 것이다.

"좋은 말씀 전하시는 분이시죠? 안 그래도 이야기 한번 들어 보고 싶었어요. 들어오세요."

그녀는 얼굴이 붉어진 채 당황한 표정으로 말했다.

"아… 죄송한데, 내일 다시 오면 안 될까요?"

나는 한 치의 망설임도 없이 답했다.

"물론이지요. 아침에 뵙겠습니다. 꼭 오셔야 합니다."

문이 닫히자 친구가 한마디 했다.

"왜 또 장난을 치는 거야?"

우리는 다음 날 단기 아르바이트를 일찍 가기로 되어 있었기에, 어차피 와도 헛걸음일 거라 여겼다. 하지만 다음 날, 업체 사정으로 단기 아르바이트는 갑작스럽게 취소되었고, 예상치 못한 하루가 통째로 비어 버렸다. 한가로운 오전, 뭘 할지 망설이던 찰나 '띵동' 초인종이 울렸다.

"계세요?"

나는 천천히 문을 열었다. 어제의 포교자 옆에 대학생으로 보이는 남성이 한 명 더 서 있었다. 친구의 표정은 썩 좋지 않았고, 나는 잠시 망설이다가 또 한 번 장난 스위치가 '딸깍' 켜졌다. 그러고는 밖으로 나가 이야기하자고 했다. 곧장 편의점으로 가 음료수 세 개를 사고 원룸촌 사이의 한적한 공터로 향했다. 계산은 내가 했다. 장난의 대가쯤은 지불해야 한다고 생각했다. 포교자의 이마에는 땀이 송골송골 맺혀 있었다. 음료수를 건네받은 포교자들은 여러 번 "감사합니다."라고 인사하며, 바로 들이켰다. 그러자 여성분이 마치 약속이라도 한 듯 말을 이어 갔다.

"인상이 참 좋으세요. 덕이 많아 보여요."

예상 적중이었다. 이어지는 한마디.

"그런데 진범 님 사주에 조상이 앞길을 막고 있어요. 저희랑 같이 가서 간단히 제사만 지내면 풀 수 있습니다."

나는 대학 시절, 길에서 이런 사이비들을 몇 번 겪어 본 터라 대화의 흐름은 이미 익숙했다. 최대한 진지한 얼굴로 고개를 끄덕였다. 그들은 어떻게든 나를 제사 현장으로 데려가려 했다.

"제가 낯가림이 심해서… 여기가 남향 같으니, 여기서 간단히 지내면 안 될까요?"

"이곳에서는 곤란하고, 제사를 지내려면 복장도 단정히 하고 약간의 정성비가 필요합니다."

"자취방에 한복이 있는데 가져올까요? 백 원만 내고 예를 다해도 될까요?"

잠시, 침묵이 흘렀다.

“백 원으로는 부족해요. 일단 우리와 같이 가 보시면 생각이 바뀌실 겁니다.”

그리고 나는 또 한마디를 던졌다.

“날씨도 더운데, 치킨집 가서 맥주 한잔하면서 이야기하면 안 될까요? 제가 쏠게요.”

그들의 답은 단호했다.

“그건 안 됩니다. 저희는 공부하고 전도하는 사람입니다.”

이후로도 어이없는 농담을 섞어 가며 그들과 대화를 이어 갔다. 말을 계속할수록 깨달았다. ‘아, 이게 바로 세뇌라는 거구나.’ 나와 비슷한 또래의 대학생처럼 보였지만, 눈빛엔 총기가 없었고, 어딘가 삶이 팍팍해 보였다. 그래서인지 동시에 측은한 마음이 들어, 그 자리에서 쉽게 빠져나올 수가 없었다. 한편으로는 ‘한번 가 볼까?’ 하는 호기심도 생겼고, 다른 한편으론 ‘가면 큰일 나겠다’는 불길한 예감도 스쳤다. 마음속에서 두 생각이 팽팽하게 줄다리기를 했다. 그러다 문득 오기가 생겼다. 이번에는 끌려가는 쪽이 아니라, 그들을 이 자리에서 어떻게든 빠져나오게 해 보고 싶어졌다. 일종의 역전도였다.

“잠깐, 제 이야기 한번 들어 보세요. 자… 인생을 말이죠.”

처음에는 그들도 내 말을 끊고 다시 전도를 이어 가려 했다. 그러나 이내 나를 멍하니 바라보며 고개를 끄덕이기 시작했다.

“전도를 하려면 건강한 마음과 행복한 모습이 필요합니다. 자, 기지개 한번 펴시고요…. 따라 해 보세요.”

그들도 이내 내 기지개를 따라 하려 애쓰고 있었다. 왠지 진지하게 흉내 내려는 모습이 조금 우습기도 했다. 예전에 한 프로그램에서 MC 김제동이 했던 말이 좋다고 느껴, 그 문구를 떠올리며 그들에게 좋은 말들을 이어 갔다.

"땅속에 있는 금만 아름답다고 생각하면, 평생 하늘의 별은 못 봅니다. 여러분은 아직 땅속 금을 캐기보다 하늘의 별을 바라보며 꿈을 키울 때입니다. 이 말 꼭 기억하세요. 그리고 반드시 그곳에서 나오셔야 합니다."

세 시간 동안 공터에서 쉬지 않고 이야기를 이어 갔고, 마침내 그들은 고개를 끄덕였다. 여성분은 질린 건지 감동한 건지, 도무지 알 수 없는 표정을 짓고 있었다.

"근데… 뭐 하시는 분이세요?"

나는 잠시 숨을 고른 뒤 말했다.

"저요? 인생은 이미 한 번 망해 봐서요. 웬만한 일에는 놀라지도 않습니다."

남성분은 더 이상 내 말에 반박할 여지가 없다고 판단한 듯, "알겠어요…. 이만 가 볼게요." 하고, 몇 시간 후 쓸쓸히 자리를 떠났다.

장난으로 시작했지만, 그때만큼은 진심을 다해 진심 어린 말을 건네며 '그곳에서 빠져나오라'고 설득했다. 실제로 그들이 내 말을 듣고 조금이라도 생각이 바뀌었는지, 아니면 그대로 그들의 일상으로 돌아갔는지는 알 수 없다. 하지만 그때의 기분은 분명 뿌듯했다. 내 방식대로 한판 이겼다는 느낌이었다. 세월이 흐른 뒤, 이 이야기를 꺼내면 사람들은 웃는다. 문득, 예전에 그곳을 우연히 방문해 보았다는 다른 사람의 이야기가 떠올랐다. 향냄새가 코를 찌르고, 어수선하면서도 위압적인 분위기 속으로 들어서는 순간, '왜 여기에 온 걸까' 하는 후회가 밀려왔단다. 게다가, 대놓고 돈을 요구하는 분위기까지 느껴져 몹시 불쾌했다고 했다.

지금 생각해 보면, 그때 따라가지 않은 것은 정말 잘한 선택이었다. 직접 겪어 보지 않아도 되는 일도 있다는 걸, 그때 처음 알았다. 요즘은 이상하게도 "인상이 참 좋으세요."라며 다가오는 사람을 만나지 못한다. 나이를 먹어서일까. 아니면 그들이 내 얼굴에서 무언가를 읽어 낸 걸까. 이유는 알 수 없지만, 어쩌면 그것 또한 세월이 남긴 흔적일지도 모르겠다.

아들아,

살다 보면 분명 모르는 누군가가 다가올 수 있다. 아빠가 겪었던 '도를 아십니까?'처럼, 또 다른 부정적인 영향을 주는 사람일 수도 있지. 결국 그들이 원하는 건 돈이다. 본질은 사기라는 걸 아빠는 잘 안단다. 만약 아빠가 그곳에 갔더라면 어떤 어려움에 빠졌을지도 모른다. 그래서 아들아, 호기심이 있더라도 함부로 끌려가거나 따라가지는 말거라.

고시원,
그 벽 사이의 사람들

두 번째로 선택한 대학 생활 역시 진정으로 원하는 삶과는 거리가 있는 것처럼 느껴졌다. 기술에 큰 흥미가 없는 내가 이를 평생의 업으로 삼아야 한다고 생각하니 스스로에게 미안한 마음이 들었다. 한 번뿐인 인생을 보다 의미 있게 살고 싶었고, 군에서 만난 권순봉과 정주영 전우는 내게 새로운 길에 도전해 보라며 공부를 적극 권유해 주었다. 그들의 조언을 계기로 활동적인 성향을 살리면서도 사회에 실질적인 도움을 줄 수 있는 길을 고민한 끝에 소방공무원을 선택하게 되었다. 국민의 생명과 안전을 지키는 일이라는 사명감이 그 선택을 더욱 분명하게 만들었다.

나는 고민은 짧고, 판단은 분명한 편이다. 판단이 서면 더 이상 머뭇거리지 않고 추진력 있게 밀어붙인다. 그렇게 결심이 선 순간, 공무원 시험 준비를 위해 고시원으로 들어갔다. 처음 마주한 그곳은 벽 하나를 사이에 두고 각자의 미래를 품은 사람들이 모여 있는 공간이었다. 고시원 방은 마치 서랍 속 인형처럼 꼼짝 없이 갇힌 듯 답답했다. 건물 밖에서 보면 아담하고 단정해 보였지만, 안으로 들어가면 숨이 막힐 만큼 비좁고 공기마저 무겁게 가라앉아 있었다. 그곳에서는 목소리조차 숨죽여야 했고, 가끔 새어 나오는 한숨 소리조차 조심스레 들어야 했다. 그런 분위기가 버거워서 학원 수업이 있는 시간 외에는 근처 독서실로 나가 공부하곤 했다. 수험생이라는 것만으로도 외로운 일이었는데, 좁은 방 안에서 홀로 있는 모습은 유난히 초라해 보였다.

옆방에는 경찰 공무원 시험을 준비하던 장수생이 있었다. 말수가 적어 존재감이 거의 느껴지지 않는 사람이었다. 우리가 나눈 말이라고는 "안녕하세요." 같은 형식적인 인사뿐이었다. 가끔 그 방에서 새어 나오는 교재 넘기는 소리나 중얼거림을 들을 때면, 그가 얼마나 열심히 살고 있는지 느껴지곤 했다. 어느 날, 이상하게 마음이 복잡했다. 공부가 손에 잡히지 않아 바람도 쐴 겸 일찍 짐을 싸고 고향 집으로 내려갔다. 이곳은 하루 이틀 비워 둔다고 해서 아무도 신경 쓰지 않는 곳이었다. 다음 날 돌아왔을 때, 그가 곧장 내 방 앞으로 다가왔다. 그리고 분노에 찬 손으로 문을 거칠게 두드렸다.

"무슨 일이시지요?"

"어젯밤에 왜 그렇게 시끄럽게 했어요? 문을 두드려도 대답도 없고…."

나는 당황했다.

"무슨 소리를 하는 건지… 저 어제 고향 내려갔다 방금 온 거예요…."

그는 잠시 나를 바라본 뒤, 내 좁은 방에 고향에서 가져온 반찬과 정리되지 않은 물건들을 훑어보며 말했다.

"… 그랬어요? 미안합니다."

그 말끝에 그의 눈가에 반짝이는 눈물이 맺혔다. 이내 고개를 돌려 복도로 사라졌다. 나는 한동안 문 앞에 멍하니 서 있었다. 내가 없던 그날 밤, 그는 무엇을 들었을까. 벽 너머의 소리는 어쩌면 현실의 소음이 아니라, 스스로의 무너짐을 견디며 내쉰 절망의 울림이었을지도 모른다. 그날 이후 나는 잠을 자고, 씻고, 아침을 먹는 시간 외에는 방에 머무는 일을 최대한 줄였다. 며칠 뒤, 학원으로 향하던 새벽길에서 안전화를 고쳐 신고 나가는 그의 뒷모습을 보았다. 그는 다음 시험을 준비하며 건설 현장 일을 병행하고 있었다. 그를 이전과 다르게 바라보게 되었다. '삶이 이렇게까지 치열할 수도 있구나.' 그리고 부모님이 보내 주신 돈 덕분에 아무 걱정 없이 공부에만 몰두할 수 있었던 내 처지가 얼마나 감사한 일인지 새삼 깨달았다.

또 다른 황당한 일은 고시원 부엌에서 벌어졌다. 그곳의 열악함은 좁은 방보다도 부엌에서 더 크게 느껴졌다. 밥은 무료였지만, 반찬은 각자 준비해야 했다. 냉장고는 작은 전쟁터 같았다. 김치, 멸치, 소시지 반찬통이 빽빽이 들어찼고, 각자의 호실 번호가 붙어 있었다. 나 역시 근처에 사는 숙모가 종종 만들어 주신 반찬을 챙겨 넣어 두곤 했다. 그런데 언젠가부터 아껴 두었던 반찬이 조금씩 사라지기 시작하더니 결국 반찬통이 통째로 사라져 버렸다. 믿기지 않았다. 같은 목표를 향해 나란히 공부하는 사람들이 남의 반찬을 가져간다는 사실이. 하지만 텅 빈 자리만 남은 냉장고는 그 현실을 부정할 수 없게 만들었다.

맨밥으로 끼니를 때워야 할 나는, 결국 화가 나서 냉장고 속 다른 사람의 계란을 하나 집어 들었다. 손이 떨렸다. 주변에 누가 보는 듯한 시선이 느껴졌고, 순간 '이걸 하면 나도 같은 사람이 되겠구나' 하는 도덕적 갈등이 몰려왔다. 작은 복수라고 생각했지만, 마음이 불편했다. 고민 끝에 달걀을 깨 프라이팬에 올리는 순간, 고소한 냄새 대신 코를 찌르는 악취가 퍼졌다. 상한 계란이었다. 복수는커녕 내가 먼저 KO 패를 당했다. 분노와 허탈함이 동시에 밀려왔지만, 이내 웃음이 터졌다. 결국 내 분노와 복수가 그대로 나에게 돌아온 셈이었다. 그 일 이후, 부엌에는 CCTV가 설치되었고, 더 이상 반찬이 사라지는 일은 없었다. 나중에 알게 된 사실이지만, 반찬을 훔치던 사람은 경찰 공무원 준비생이었다고 한다. 그는 조심스럽게 눈치를 보며 조금씩만 가져갔다고 했다. 겉으로는 성실하게 공부만 하는 사람처럼 보였지만, 그 속에는 말 못 할 압박과 스트레스가 쌓여 있었던 것은 아닐까.

부엌에는 또 다른 인물도 있었다. 이미 한참 전에 고시원을 떠난 사람이었지만, 근처 학원을 다니며 종종 들러 밥을 먹고 가곤 했다. '도식남'이라 불리던 그는 다른 호실의 누군가와 짜고 그 일을 계속하고 있었다. 그는 인사성도 밝았고, 설거지까지 말끔히 해 놓아 누구도 그를 의심하지 못했다. 그 사실을 알고 나니 그의 모습이 짠하게 느껴졌다. 몇 번의 낙방 끝에 가진 돈이 바닥나, 그렇게라도 끼니를 해결하며 공부를 이어 가고 있었던 것이다.

그 시절 고시원의 부엌 냄새는 싸구려 기름 냄새와 상한 계란 냄새가 뒤섞여 있었다. 하지만 생각해 보면, 그것은 '살아남기 위한 처절한 냄새'이기도 했다. 반찬을 훔친 사람은 어디로 갔는지 모르지만, 상한 계란의 냄새만큼은 내 기억 속에 강렬한 카운터 펀치! 윽! 그때, 수많은 사람들이 고시원 방 안에 갇혀 각자의 꿈을 향해 묵묵히 싸우고 있었다. 지금쯤 그들 중 몇이나 그 꿈을 이루었을까. 문득, 그 좁은 방 안에서 외로움과 싸우던 내 모습에 격려를 보내고 싶다.

옥상에서 만난 따뜻한 사람

고시원에서의 시간은 외롭고도 무거웠다. 좁은 방, 얇은 벽, 서로의 존재를 눈치로만 알아 가는 공간. 누구와도 가까워지지 않으려 애썼다. 그런 나에게, 김형은 예외였다. 그는 장수생이자 고시원 총무로, 공부만 하는 사람이 아니었다. 매일 아침 고시원 부엌 청소를 도맡고, 다른 방 사람들의 밥이나 난방 상태까지 살피며 작은 배려를 잊지 않았다. 느긋한 말투와 작은 행동에서 묻어나는 따뜻함이 사람을 편안하게 했다.

"밥 먹었어요? 여기 밥통은 타이머가 고장이라, 타이밍 잘 맞춰야 돼요."

다정한 말을 건네며 믿음직한 모습을 보여 주었다. 우리는 자연스럽게 친구가 됐다. 고시원 옥상은 우리의 아지트가 되었고, 밤이면 서로 올라가 밤늦도록 이야기를 나눴다. 하루 종일 책과 씨름하며 쌓인 피로가 옥상에 오르자, 마치 바람과 함께 사라지는 듯했다. 잠시 공부 스트레스와 외로움에서 해방된 느낌을 받았다. 김형은 유난히 재미있는 이야기를 많이 알고 있었다. 역사, 시사, 영화 그리고 사람 이야기까지. 무거운 마음을 내려놓고 웃었던 밤은 대부분 그 덕분이었다. 하지만 그는 단지 '말을 잘하는 사람'이 아니라 깊이 있는 사람이었다. 나이 차이가 있었지만 나에게 말을 놓지 않았고, 늘 존중하며 한결같이 대해 주었다. 나중에 둘 다 합격하면 그때 진정으로 편하게 이야기하자고 말하곤 했다. 시험이 얼마 남지 않았을 때, 우리는 어김없이 옥상에서 대화를 나누었다.

"시험은 그냥 성적만 보는 게 아닌 것 같아요. 자기가 어떤 사람인지를 묻는 시간 같아요."

몇 번이고 시험을 치러 본 그였지만, 그날만큼은 설명하기 어려운 감정이 묻어 나와 유난히 진지한 대화를 나누게 되었다. 그와 이야기하며 공부보다 더 중요한 것, 내가 어떤 가치관을 가진 사람인가를 생각하게 되었다.

우리 고시원 앞에는 '동문치킨'이라는 소문난 맛집이 있었다. 고소한 기름 냄새와 바삭하게 튀겨진 치킨 향이 창문 틈으로 스며들곤 했다. 고시원 생활에서 힘든 점 중 하나는 바로 그 냄새를 방 안에서 홀로 맡아야 한다는 것이었다. 공부에 집중해야 하는 순간마다 코끝을 자극하는 유혹은 마음을 흔들었고, 배고픔과 욕망 사이에서 괴롭지만 동시에 설레는 시간을 보내야 했다. 김형은 내 마음을 알아챈 듯 "진범 씨, 닭날개에 맥주 한잔할까요?"라며 다가왔고, 몇 명의 동생들을 함께 불러내 사 주곤 했다. 같은 수험생이지만 나이가 조금 많다는 이유로 항상 계산을 맡아 주었다. 수험생 신분으로는 쉽게 터놓기 어려운 이야기들을, 재치 있게 말하는 김형 덕분에 마음껏 웃고 떠들 수 있었다. 주말에 잠시 공부를 멈추고 치킨에 맥주한 잔을 즐기는 시간, 그 짧은 순간만큼은 수험생이라는 굴레에서 벗어나 마음껏 자유를 만끽할 수 있었다.

그런 날도 있었다. 김형이 고향에 다녀오던 길에 오곡밥과 묵은 나물을 내게 건넸다.

"진범 씨, 오늘이 정월대보름이라네요. 집에서 싸 온 건데, 같이 먹어요."

우리는 고시원 부엌의 작은 식탁에 마주 앉았다.

"형님, 귀밝이술이 없어서 좀 아쉽네요. 나가서 한 병 사 올까요?"

그는 곧장 비닐봉지를 들어 보였다.

"그럴 줄 알고 막걸리도 준비했어요."

그렇게 소박하게 나눈 단 한 잔의 막걸리는, 특별히 더 달았다. 시원하면서도 그의 마음처럼 따뜻했다. 맛있게 밥을 먹던 그 짧은 시간, 사람의 온기가 좁은 부엌에 조용히 퍼지던 순간이었다. 그는 쉬지 않고 노력했다. 단 한 번도 포기하려는 기색을 보이지 않았다. 그 모습을 보며 나는, 그가 반드시 합격하리라는 걸 믿어 의심치 않았다. 마침내, 그 믿음은 현실이 되었다. 그는 드디어 합격했다. 기쁜 소식이었지만 동시에 마음이 허전해졌다. 고시원에서의 유일한 친구, 내 삶의 유일한 쉼표가 떠나는 날이었기 때문이다. 형이 짐을 싸던 날, 옥상에는 봄바람이 살랑 불었고 치킨 냄새와 고시원의 습한 공기가 뒤섞여 있었다. 김형은 나를 향해 마지막으로 눈인사를 건넨 뒤 문을 나서며 말했다.

"진범 씨도 곧 될 거예요. 그러니까 절대 포기하지 마요."

그렇게 그는 고시원을 떠났다. 그 후 공무원이 된 김형은 고시원 근처에 일부러 몇 번 찾아와, 살짝 나를 불러 밥을 사 주며 응원해 주었다. 다른 수험생들이 보면 마치 자랑하는 것처럼 보일까 하는, 그의 세심한 마음까지 담겨 있었다. 많은 시간이 흘렀지만 옥상에서 나눈 이야기들과 그 따뜻했던 한 사람의 존재는 잊히지 않았다. 수험 생활 중 사람답게 살고 싶다고 느끼게 해 준 사람이었다. 지금은 둘 다 같은 지역에 합격하여 공무원으로 일하고 있다. 가끔 김형을 만날 때면 직장 생활 이야기를 나누며 여전히 조언과 격려를 건넨다. 그 모습이 늘 고맙다. 아직도 그때 옥상에서 느꼈던 편안함과 좋은 기운이 나를 다시 일으켜 세운다. 나도 그에게 좋은 사람이 되고 싶다.

아들아,

고시원에서 만난 김형은 그 시절 아빠의 말동무가 되어 주고 마음을 편하게 해 주었단다. 꼭 동갑이어야 친구가 아니라, 나이 차이가 나도 친구가 될 수 있다는 것을 알게 되었지. 살아가다 보면 뜻밖의 만남이 큰 힘이 될 때가 있어. 아들아, 사람들에게 좋은 기억으로 남는 사람이 되렴. 작은 배려와 진심이 결국 사람을 움직이고, 삶을 바꾸는 법이란다.

스물여섯, 다시 시작한 청춘

소방공무원 시험에서 두 번 연속 고배를 마신 뒤, 결국 학교로 돌아왔다. 1년에 단 한 번뿐인 시험을 마냥 기다리기보다는, 학교를 끝내는 것이 합리적인 선택이라 판단했기 때문이다. 스물여섯에 맞이한 복학은 단순한 학업의 연장이 아니었다. 실패의 무게를 끌어안은 채 다시 시작하는 일이었기에, 강의실에 앉아 있어도 마음 한쪽에는 여전히 '패배자'라는 낙인이 찍혀 있는 듯했다. 그래서였을까. 뒤처진 시간을 만회하듯 자격증 시험을 치르고 또 치렀다. 자격증을 받을 때마다 잠시 성취감이 찾아왔지만, 그 만족감만으로는 마음이 완전히 채워지지 않았다. 그럼에도 불구하고 나의 절실한 마음이 갸륵하게 여겨졌던 걸까. 노력의 결실로, 천안의 한 회사에서 건물과 설비를 운영·관리하는 시설 관리(facility) 업무로 취업할 수 있었다.

객관적으로 보면 안정적이고 괜찮은 직장이었지만, 나에게는 '시험에 합격하지 못하고 다른 길을 택했다'는 사실이 생각보다 훨씬 버겁게 다가왔다. 낮과 밤이 뒤섞인 교대 근무와 꿈을 향해 달려왔던 시간이 멈춘 듯한 허탈감이 겹치며 마음은 점점 지쳐 갔다. 뼛속까지 문과생이었던 내가 기계실에 들어가 업무를 배우는 것은 처음부터 쉽지 않았다. 굉음이 울려 퍼지는 설비 앞에서 이해할 수 없는 도면과 낯선 장비들을 마주할 때마다 '나는 여기와 어울리지 않는 사람'이라는 생각이 들었다. 퇴근 후 집으로 돌아가는 길, 공장의 불빛을 뒤로하며 문득 발걸음을 멈추곤 했다.

"난 어디에 서 있는 걸까. 이게 꿈꾸던 삶은 아닌데…."

연예인의 꿈을 빠르게 포기했고, 재입학한 두 번째 학교도 적성에 맞지 않았다. 세 번째 도전한 공무원 시험마저 실패했다. 결국 학교로 돌아가 취업했지만, 그마저도 내 길이 아님을 느끼며 흔들렸다. 내 삶은 마치 망망대해에서 방향을 잃은 배처럼 흔들리고 있었다. 스물여섯의 가을은 유난히도 쓸쓸했다.

어느 휴무 날, '따르릉' 전화벨이 울렸다. 이 시간에 걸려 오는 회사 전화는 대체로 땜빵 근무를 부탁하는 용무뿐이라는 것을 알고 있었다. 잠결에 받을까 말까 잠시 고민했지만, 만약 전화를 받지 않았다면 그 부담은 다른 누군가에게 넘어갈 터였다. 결국 전화를 받았고, 역시나 땜빵 근무를 급히 부탁하는 직장 상사의 목소리였다. 불만을 가득 안고 회사로 향했다. 휴무 날의 근무는 마음을 더 무겁게 만들었다. 바깥세상은 휴식을 즐기며 반짝였지만, 기계실 안에서 한 치의 여유도 없이 움직여야 했다. 하지만 그날은 내 인생에 있어 전환점이 되었다. 임정훈 차장님이 잠시 쉬고 있던 나에게 다가와 담담하게 말을 건넸다. 그의 눈빛과 목소리는 평소보다 한층 편안했고, 사람을 안심시키는 힘이 느껴졌다. 그는 평소에도 틈틈이 책을 읽고 영어 공부를 하는 사람이었다. 노력과 자기 관리가 자연스레 몸에 밴 모습 덕분에, 그를 '자기 삶을 성실하게 가꿔 가는 사람'이라 생각하곤 했다.

"진범아, 일이 많이 힘들고 생각보다 재미도 없지? 네 인생을 그 누구도 뭐라 할 수 없어. 하고 싶은 대로 해. 아직 젊잖아."

그 말에 잠시 말을 잇지 못했다. 퇴사를 두고 흔들리던 마음을 알아본 것 같았다. 누구에게도 털어놓지 못했던 속내를, 그것도 나를 믿고 채용해 준 분께 들킨 것 같아 괜히 죄송한 마음이 들었다. 마음 깊은 곳에서 복잡한 감정이 교차했다. 짧은 한마디였지만, 이상하게도 그 말은 공장 안을 울리던 수많은 기계음보다 더 깊게 내 가슴 속으로 파고들었다. 일의 효율만 따지고, 실적만 강조하던 회사 분위기 속에서 '진솔한 조언'은 마치 오아시스 같았다. 그날 이후 진지하게 다시 한번 내 미래를 생각하기 시작했다. '이대로 평생을 살아도 괜찮을까?' 답은 명확했다. 아니었다.

결국 1년을 딱 채우고 퇴사를 했다. 차장님의 "하고 싶은 대로 해라."라는 한마디는 나를 다시 책상 앞에 앉히게 하는 힘이 되었다. 다시 시작한 공부는 그 어느 때보다 간절했다. 이미 몇 번의 실패를 경험했기에 불안은 더욱 컸다. 그러나 이번에는 달랐다. '이 길이 아니면 안 된다'는 절실함이 생겼고, 마침내 합격의 소식을 손에 쥘 수 있었다. 돌아보면, 반도체 공장에서의 1년은 결코 헛되지 않았다. 그래서일까. 한 번씩 천안아산역을 스쳐 지날 때마다 그 시절의 나와 마주하는 기분이 든다. 지쳐 있던 젊은 날의 나, 그러나 꺾이지 않았던 의지. 패배자로 느껴졌던 순간조차 결국 나를 이 자리로 이끌어 준 과정이었다. 그리고 그곳에서 만난 내 삶의 멘토, 짧지만 강렬했던 그의 말.

"하고 싶은 대로 해라. 네 인생을 그 누구도 뭐라 할 수 없다."

짧은 말이었지만, 내 인생의 방향을 바꾼 가장 강력한 조언이었다. 그 한마디가 망설이던 내 삶을 다시 움직이게 했고, 결국 새로운 길로 이끌었다. 차장님은 고향으로 내려가 잠시 카페를 운영하시다가, 다시 본업으로 돌아가 지금은 베트남에서 직장 생활을 이어 가고 계신다고 한다. 멀리 떨어져 있지만, 문득 그 시절을 떠올리면 언젠가 차장님과 꼭 다시 만나 소주 한 잔 기울이며 서로의 살아온 이야기를 나누고 싶다는 마음이 절로 든다.

아들아,

"하고 싶은 대로 해라. 네 인생을 그 누구도 뭐라 할 수 없어."

그 말은 아빠를 다시 책상 앞에 앉게 만들었고, 결국 합격이라는 승리를 맛보게 했단다. 그때 배웠단다. 인생에는 뜻밖의 은인과 인연이 있다는 것. 아들아, 살아가다 보면 예상치 못한 인연을 만날 때가 있을 거야. 그 순간을 소홀히 하지 말고, 마음을 열고 받아들이렴. 무엇보다 너의 선택과 결심을 두려워하지 말고, 매 순간 최선을 다하거라. 삶은 우연과 선택으로 흘러가지만, 그 속의 인연이 너를 힘나게 해, 다시 도전하게 해 준단다.

천안의 밤, 우연과 선택

천안에서의 생활은 몸은 고단했지만 시간이 흐르며 점차 적응했고, 반복되는 단조로운 일상에도 익숙해져 갔다. 그곳의 시간은 교대 근무에 맞춰 흘러갔다. 근무 특성상 야간 근무자가 퇴근하면 그들에게는 비로소 저녁이 시작되는 셈이었다. 이곳의 해는 이미 높이 떠 있었지만, 거리는 활기로 가득했다. 아침부터 횟집 안 수조에서는 광어가 팔딱거렸고, 부서 회식의 건배 소리가 연달아 터져 나왔다. 다른 식당에서는 삼겹살을 굽는 연기 사이로 사람들이 소주잔을 기울이며, 쌓인 피로와 긴 하루를 마무리하고 있었다. 취기에 물든 얼굴로 아침 햇살을 맞이하고 있노라면, "이게 정말 아침일까, 아니면 저녁일까?"라는 착각이 들곤 했다.

야간 근무를 마치고 퇴근길에 서 있으면, 천안시청을 오가는 공무원들의 분주한 발걸음이 눈에 들어왔다. 말쑥한 정장을 차려입고 서류 가방을 들고 오가는 그들의 모습은, 지친 내 눈에 유난히 단정하고 안정적으로 비쳤다. 비록 꿈꾸던 소방공무원은 아니었지만, 그런 삶을 살아 보고 싶다는 막연한 동경이 마음속에 피어오르곤 했다. 어쩌면 그것은 고단한 일상 속에서 잠시나마 미래를 상상하게 해 주는 작은 희망이었는지도 모른다.

회사 안에는 나와 같은 지역 출신이자 같은 시기에 입사한 동갑내기 동기가 있었다. 근무조까지 같았기에 자연스럽게 함께하는 시간이 많아졌고, 우리는 곧 친한 친구처럼 지내게 되었다. 휴무를 맞아 회사 동기의 제안으로 나이트클럽에 가기로 했다. 천안에서 부킹이 잘된다는 소문이 돌던 곳이었다. 클럽 안은 젊은이들의 열기로 뜨겁게 달아올라 있었다. 어둠 속 네온사인이 벽과 천장을 수놓고, 스피커에서 쏟아지는 강한 베이스는 가슴속까지 울렸다. 방마다 남자들이 앉아 있으면 웨이터들이 재빠르게 여성들을 데려다 앉혔고, 사람들의 웃음소리와 잔 부딪히는 소리, 음악이 뒤섞여 시끄럽지만 동시에 흥겨운 공간을 만들어 냈다.

먼저, 우리는 부킹이 잘되기로 유명한 웨이터, 일명 '박카스'를 지명해 룸을 잡았다. 사실 나는 평소 나이트클럽을 즐기는 편이 아니었다. 시끄러운 음악과 술기운에 기대어 이어 가는 만남은 어딘가 부자연스럽게 느껴졌기 때문이다. 그러나 막상 자리에 앉아 보니 분위기는 예상과 달랐다. 사람들은 의외로 평범했다. 낯선 여자들과의 대화 속에서 웃음이 번졌고, 반복되는 일상에서 잠시 외롭지 않은 시간을 보내며, 새로운 인연이 주는 기대감에 마음이 설렜다. 나이트에서의 대화는 생각보다 어렵지 않았다. 이곳의 사람들 대부분은 타지에서 돈을 벌기 위해 모여든 사람들이었다. 낮과 밤이 뒤바뀐 채 교대 근무를 하며 버티는 삶이었기에, 서로의 시간표를 굳이 설명하지 않아도 자연스레 통했다.

"오늘 휴무인가 봐요?"

"아니요. 오후 근무 끝나자마자 왔어요."

서로의 피로를 알아보는 사람들처럼, 우리는 잔을 부딪쳤다. 사람들은 눈빛과 말투로 서로의 분위기를 재빨리 가늠했다. 마음이 통하면 술잔을 주고받으며 번호를 교환했고, 그렇지 않으면 금세 자리를 뜨곤 했다. 우리는 그저 순간을 즐기러 왔지만, 어느새 여자 친구를 만들어 보겠다는 오기가 생겼다. 그러나 일은 뜻대로 풀리지 않았고, 결국 우리는 전략을 바꿔 보기로 했다. 옷매무새를 가다듬고 자리를 한번 바꿔 보자는 작은 시도였다. 회사 동기는 나와 자리를 바꾼 뒤 처음 마주한 여성과 놀라울 만큼 잘 어울렸다. 두 사람은 대화가 끊기지 않았고, 서로의 말마다 웃음을 터뜨리며 자연스레 가까워졌다. 그 모습이 부럽기도 했고, 어딘가 모르게 신기하게 느껴지기도 했다. 그렇게 부킹에 성공해 그 여성과 연애를 시작했다는 소식을 들은 지 얼마 지나지 않아, 그는 서둘러 결혼을 준비하고 있다고 했다. 나이트에서 만난 인연이 이렇게 쉽게 이어질 줄은 상상도 못 했기에 그 소식은 믿기 어려울 정도로 뜻밖이었다.

그때 동기도 나처럼 회사 생활에 무료함을 느끼며 이직을 준비하고 있었지만, 그 사건 이후 천안에 완전히 자리를 잡았다. 반면 나는 몇 개월을 더 채우고 창원으로 내려왔고, 그렇게 서로의 길은 달라졌다. 시간이 흐르며 자연스레 소식도 끊겼다. 10년이 훌쩍 지난 지금, 그는 어떻게 살아가고 있을지, 행복하게 지내고 있을지 문득 궁금해진다. 만약 그날 자리를 바꾸지 않았다면, 그 여성이 내 파트너가 되었을까? 여전히 천안에서 생활을 이어 가고 있을까? 또 회사 동기의 인생은 어떻게 달라졌을까? 삶이 얼마나 우연의 연속인지, 또 단 한 번의 작은 선택이 얼마나 큰 결과를 만들어 내는지 새삼 깨닫게 된다. 천안의 밤, 그 나이트클럽에서의 한 장면은 마음속 어딘가에 남아 있다. 그날의 기억을 떠올리며, 오늘도 삶이 건네는 작은 선택들을 조심스레 받아들인다.

아들아,

아빠가 그때 느낀 건 거창한 게 아니란다. 그저 그런 선택 하나가 생각보다 다른 길로 이어질 수도 있다는 거야. 별 뜻 없이 바꾼 자리 하나가 누군가의 인연이 되고, 삶의 방향을 바꾸기도 한다. 그러니 너무 어렵게 생각하지 말고, 주어진 순간을 편하게 받아들이렴.

기억의 길을 걷다

: 천안 독립기념관

어릴 적 장난치고 까불기를 좋아했지만, 책 읽는 것을 게을리하지 않았다. 특히 역사책을 즐겨 읽었고, 역사에 대한 관심도 남달랐다. 한국사능력검정시험에서는 1급을 받을 정도였고, 공무원 시험을 준비할 때도 한국사 과목은 거의 틀리지 않을 만큼 자신 있었다. 집안 분위기도 비슷했다. 우리 집에서는 역사 이야기가 밥상머리 화제로 오를 만큼 항상 가까이에 있었다. 그 영향이었을까, 현재 누나는 중고등학교에서 역사 교사로 학생들을 가르치고 있고, 나 역시 여전히 틈틈이 역사책을 읽곤 한다.

천안에서 생활하던 시절, 작은 낙이 하나 있었다. 바로 회사에서 그리 멀지 않은 독립기념관을 찾아가는 일이었다. 업무와 일상의 무게 속에서 잠시 벗어나 역사와 마주하며 마음을 달래는 시간은, 지친 하루를 건디게 하는 작은 위안이 되었다. 회사 생활 중 네 번 정도 방문했던 기억이 있는데, 계절마다 풍경은 달랐지만 독립기념관에 들어서는 순간의 경건함은 내내 같았다.

　가을 햇살이 부드럽게 내리쬐는 어느 날, 다시 독립기념관을 찾았다. 도로 양옆의 산과 들은 평화로웠지만, 마음 한편에는 설명하기 어려운 기운이 머물렀다. 독립기념관은 그저 관광지가 아니라 한 나라의 아픔과 저항의 흔적을 고스란히 품고 있는 공간이었기 때문이다. 입구에 들어서자, 가장 먼저 '겨레의 집'이 눈에 띄었다. 웅장한 지붕과 기둥은 민족의 기상을 상징하는 듯했고, 넓게 펼쳐진 광장은 앞으로 걸어갈 길을 안내하는 듯 열려 있었다. 발걸음을 옮길수록, 양옆으로 이어진 조형물과 동상들이 눈에 들어왔다. 각기 다른 시대와 인물의 숨결이 서려 있어 잠시 걸음을 멈추게 했다.

　가장 오래 머물렀던 곳은 '겨레의 탑'이었다. 하늘 높이 솟은 탑은 민족의 단결과 염원을 상징했다. 그 앞에 서니 자연스레 고개가 숙여졌고, 마음속으로 감사의 인사를 올렸다. '이 평화가 그냥 주어진 게 아니구나' 하는 생각이 머릿속을 떠나지 않았다. 기념관 내부 전시실에 들어서자, 마치 역사 속으로 발걸음을 옮기는 듯했다. 일제강점기의 기록, 독립운동가들의 사진과 유품, 낡은 태극기와 선언문들이 곳곳에 전시되어 있었다. 특히 '고문 전시실' 앞에서 발걸음이 멈췄다. 좁고 어두운 공간 속에서 독립투사들이 겪어야 했던 고문과 고통이 전시되어 있었고, 손발이 묶인 모형과 기록물 하나하나가 목숨을 걸고 투쟁했던 그들의 시련과 인내를 그대로 보여 주었다. 차가운 바닥과 찢긴 옷, 피 묻은 흔적을 떠올리며 숨을 죽였다. 그들이 맞서 싸운 자유의 길이 얼마나 험난했는지를 몸으로 느끼는 순간이었다. 특히 낡아 해진 한 독립투사의 구두 앞에서 쉽게 자리를 떠날 수 없었다. 거칠고 낡은 가죽 속에서, 목숨을 걸고 걸었던 길의 무게가 전해졌다. 그 작은 구두가 걸어간 길은 곧 자유를 향한 거대한 행진이었다. 눈앞에 펼쳐진 고문의 흔적과 작은 구두에서 느껴지는 결연한 의지가 뒤섞이며, 가슴이 뜨겁게 뭉클해졌다.

전시실을 한 바퀴 돌아 나온 후 통일 염원 동산으로 향했다. 넓은 잔디와 기념탑이 어우러진 그곳은 과거의 아픔을 넘어 희망을 다짐하게 하는 공간이었다. 바람에 흔들리는 태극기와 아이들의 웃음소리가 어우러지며, 이곳이 우리에게 무엇을 지켜야 하는지 일깨워 주는 곳임을 느낄 수 있었다. 천천히 걸으며 기념관 구석구석을 둘러보다가 한 가지 깊은 깨달음을 얻었다. 독립기념관은 단순히 역사를 보존하는 곳이 아니라, 과거를 통해 현재를 바라보고 미래를 준비하게 하는 살아 있는 배움의 장이라는 사실을 깨달았다. 절망을 희망으로 바꾼 사람들의 이야기가 곳곳에 담겨 있었고, 그 울림은 지금의 나에게도 깊게 남았다.

돌아오는 길, 버스 창가에 앉아 아름답게 정돈된 거리를 바라보았다. 길가에 피어난 코스모스가 바람에 흔들리는 모습이 눈에 들어왔다. 그 평화롭고 고요한 풍경을 바라보며, 마음속으로 다짐했다. 이렇게 아름다운 순간을 누릴 수 있음에 감사하며, 앞으로 더 열심히, 더 의미 있게 살아가겠다고. 오늘 느낀 감정과 다짐을 일상의 분주함 속에서도 잊지 않겠다고. 독립기념관은 평범한 기행의 기억을 넘어, 삶을 바라보는 또 하나의 눈을 열어 준 곳이었다. 그곳에서 나는 마음을 다잡았고, 내 삶 역시 소중하다는 걸 되새기며 다시 한 걸음 내디뎠다.

다시, 내 길 위에서

2014년 10월 31일, 천안에서의 1년간 공장 생활을 마무리하고 창원으로 내려왔다. 그날은 유난히 차가운 바람이 불었다. 기차역에 내려 짐을 들고 나오던 순간, 마음 한편은 무거웠지만 동시에 스스로를 차분히 다잡고 있었다. 이번만큼은 반드시 끝을 보겠다는 결심, 오직 그것 하나뿐이었다.

창원에서 신혼살림을 막 시작한 누나와 매형은 나를 위해 흔쾌히 공간을 내주었다. 그때의 나에게는 누군가 나를 지켜 줄 울타리가 필요했다. 예전 고시원의 외롭고 메마른 생활보다는 훨씬 나을 것이라 믿었다. 돌아보면, 무상 취식을 일삼는 눈치 없는 동생이었을지도 모른다. 하지만 그때 생존을 위해 그리고 무엇보다 합격을 위해 체면을 내려놓을 수밖에 없었다. 이전의 실패는 오랫동안 괴롭혔다. 스터디에 매달려 남의 페이스에 끌려다니던 시간, 그 모든 공부 방법이 옳지 않았다는 것을 너무 늦게서야 깨달았다. 그래서 이번에는 나만의 방식으로 가 보기로 했다. 묵묵히, 혼자서, 끝까지. 그것이 붙잡을 수 있는 유일한 희망이었다.

매형은 매일 출근길에 학원 앞에 내려 주었고, 독서실 문을 열고 들어가면 곧장 하루가 시작됐다. 책상 위에는 똑같은 교재와 볼펜 두 자루. 점심은 도시락으로, 저녁은 밖에서 간단히 때웠다. 스톱워치로 공부 시간을 재며 하루하루를 기록했고, 성실히 쌓여 가는 시간들이 스스로에게 가장 큰 위안이 되었다. 학원 실강은 영어 수업 하나만 들었다. 나머지는 모두 인터넷 강의로 반복했다. 결국 공부의 주체는 나 자신이라는 걸 알았기 때문이다. 아무리 좋은 강의라도 내가 소화하지 못하면 소용이 없었다. 다행히도 예전부터 이어 온 공부의 흐름이 있어 크게 흔들리지는 않았다. 내게 필요한 건 새로운 지식이 아니라, 이미 쌓아 온 것을 정리하고 다지는 과정이었다.

스터디 역시 아침 시간에 정해진 분량의 영어 단어와 사자성어를 확인하는 정도로만 활용했다. 그 시간이 끝나면 곧장 독서실로 올라갔다. 예전 같았더라면 차를 마시며 수다를 떨었겠지만, 이번의 나는 달랐다. 주어진 시간 외에는 한 치의 틈도 허락하지 않겠다는 마음이었다. 훗날 스터디원들은 내가 숫기도 없고 과묵한 사람이라고 생각했다고 말했지만, 어쩌면 그것이 맞았을지도 모른다. 그 시절 내겐 순간의 재미보다 합격이, 웃음보다 공부가 더 절실했으니까. 공부란 고독과의 싸움이었다. 친구들은 하나둘 사회로 나가 직장을 잡고, 안정된 삶을 꾸려 가는데, 나는 여전히 시험지 앞에 앉아 있었다. 친한 친구의 결혼식조차 가지 않았다. 누군가는 차갑다고 했겠지만, 내겐 그럴 여유가 없었다. 지금의 선택이 내 삶의 방향을 모두 바꿀 것이라 믿었기 때문이다. 하루는 더디게 흘렀지만, 돌아보면 시간은 무섭게 빨랐다. 그렇게 5개월이 지났다. 달력에 하나씩 줄을 그으며 지워 낸 날짜들, 책상 위에 쌓아 가던 노트와 문제집들. 그 흔적들이 나를 단단하게 만들었다.

그리고 결전의 소방공무원 시험 날, 내 인생에서 가장 황당한 일이 벌어졌다. 그날의 상황은 이랬다. 몇 년 전과 마찬가지로 경북소방에 지원해 경산의 한 고등학교에서 시험을 치렀다. 문제들은 비교적 무난했다. 그런데 시험 종료를 약 10분 남겨 둔 순간, OMR 카드를 마킹하던 중 한 과목을 중복 기입 했다는 사실을 뒤늦게 발견했다. 그 순간 내 손은 떨렸고, 머릿속은 새하얘졌다. 숨이 막혀 오는 순간이었다. 시간이 조금 남아 있었지만, 100문제를 처음부터 다시 옮겨 적기에는 턱없이 부족했다. 머릿속에는 오직 '이럴 수가…'라는 생각만 맴돌았다. 결국 결과는 예상과 같았다. 전체 점수는 합격선을 훌쩍 넘었지만, 한 과목의 과락 때문에 허무하게 고배를 마셔야 했다. 준비한 시간과 노력, 시험장에서 느꼈던 집중과 몰입이 한순간의 실수로 허무하게 무너졌다. 그 순간의 허탈함은 이루 말할 수 없었다. 모든 것을 쏟아부은 뒤였기에, 마치 전쟁터에서 패한 병사처럼 몸과 마음이 동시에 쓰러졌다. 그때의 좌절감은 지금도 가슴속에 묵직하게 얹혀 있다.

다행히, 두 달 뒤 치러질 지방직 시험에서 그해 새로 신설된 '방재안전직'이라는 새로운 길이 열려 있었다. 시험 과목 대부분이 소방공무원 시험과 겹쳤기에, 마음만 다시 다잡고 부지런히 공부한다면 충분히 승산이 있다고 믿었다. 1년을 더 기다리는 것이 얼마나 고통스러운지 누구보다 잘 알고 있었기에, 곧 마음을 추슬러 다시 책상 앞에 앉았다. 두 달 뒤 마침내 시험 날이 되었다. 매형과 누나는 평소처럼 담담했다. 긴말도, 요란한 격려도 없었다. 그저 차에서 내리기 전, 매형이 운전대를 잡은 채로 "파이팅." 하고 한마디 건넸고, 옆자리에 앉은 누나도 짧게 고개를 끄덕이며 같은 말을 해 주었다. 그 짧은 한마디가 오히려 더 큰 힘이 되었다. 괜스레 긴장했던 마음이 조금 가라앉았고, '그동안 해 온 대로만 하자'는 다짐이 다시 굳어졌다. 나는 묵묵히 시험장으로 향했다.

그리고 한 달 뒤 떨리는 손끝으로 컴퓨터 화면에서 내 이름을 찾던 그 짧은 순간은 얼마나 길고 두려웠는지 모른다. 하지만 눈앞에 '합격'이라는 두 글자가 분명하게 보였을 때, 세상이 환하게 열리는 듯한 기분이 밀려왔다.

"드디어… 해냈구나."

짧은 한마디가 입술 사이로 새어 나왔다. 온몸은 후들거렸고, 그동안 눌러왔던 감정들이 한꺼번에 터져 나왔다. 그간 갈팡질팡했던 나의 모습과 천안에서의 공장 생활 속 삼켜야 했던 울분이 눈물로 흘러내렸다. 그러나 이번 눈물은 더 이상 쓰라린 것이 아니었다. 뜨겁고 벅찬 기쁨의 눈물이었다. 누군가에게는 당연하게 여겨질지도 모르는 '합격'이라는 두 글자가, 내게는 세상을 새로 여는 문과도 같았다. 부모님께 "사랑한다"는 말보다, "합격했어요."라는 말을 전하는 것이 훨씬 더 어려운 말이라는 것을 수험 생활을 통해 알게 되었다. 실패가 이어지던 지난날을 뒤로하고, 비로소 새로운 길 위에 서 있었다. 그것은 그야말로 합격을 넘어 나의 삶이 다시 시작되는 선언과도 같았다.

아들아,

아빠는 가끔 이런 생각을 하곤 한단다. '만약 그 소방 시험 날, OMR 카드에 실수를 하지 않았더라면 내 삶은 어떻게 달라졌을까?' 하지만 바로 그 실수가 지금의 아빠를 만든 결정적인 순간이었는지도 모르겠다.

천안에서의 힘겨운 공장 생활도, 시험장에서의 허무한 실수도, 그 밖의 숱한 시련도 있었지만, 아빠는 다시 마음을 다잡고 끝까지 노력했지. 누군가에게는 대단한 시험이 아닐 수도 있지만, 이루고자 한 목표를 끝내 해냈을 때, 그 끝에 '합격'이라는 두 글자를 마주했을 때의 기쁨은 정말 말로 다 표현할 수 없을 만큼 컸단다.

살다 보면 마음이 꺾이고, 스스로를 의심하게 되는 순간이 반드시 온다. 하지만 상심한다고 해서 그 자리에 머물지는 말아라. 실패는 끝이 아니라, 다시 시작할 힘을 주는 배움이란다. 실패와 좌절이 와도 다시 흙먼지를 털고 일어서는 것, 그게 바로 권토중래, 다시 일어서는 사람의 힘이란다.

10만 원짜리 교훈

공무원 시험에 합격하고 맞이한 그해 여름은 참으로 뜨겁고도 행복했다. 수험생 시절에는 휴가라는 단어가 사치처럼 느껴졌지만, 합격 후에 떠난 휴가는 그 자체로 눈부신 선물 같았다. 친구들과 함께한 강원도 여행. 계곡 물놀이, 맛있는 음식, 여유로운 풍경보다도 사실 내 마음을 더 두근거리게 한 건 따로 있었다. 바로, 태어나서 처음 발을 들여 보는 카지노였다. 영화 속에서만 보던 공간에 직접 들어간다니, 그 자체가 특별한 경험처럼 느껴졌다. 정선 카지노의 입구는 마치 또 다른 세상으로 들어가는 문 같았다. 바깥은 뜨거운 햇살이 내리쬐는 소박한 강원도의 풍경이었는데, 문 앞에 서자마자 눈앞은 순식간에 번쩍이는 네온의 세계로 바뀌었다. 빨강, 파랑, 초록빛이 교차하며 반짝이고, 커다란 간판에는 'WELCOME CASINO'라는 글자가 눈을 찌르듯 빛났다.

문을 열고 들어가자 귀를 파고든 건 음악도 아닌, 칩과 칩이 부딪히는 '짤그랑' 소리, 그리고 슬롯머신이 내뿜는 '띵-띵-띵!' 하는 전자음이었다. 공기마저 낯설게 달랐다. 실내 특유의 냄새와 사람들의 웅성거림이 한데 뒤섞여 공간 전체에 활기를 띠고 있었다. 순간, 마치 현실 세계의 법칙이 멈추고 돈만이 주인공이 되는 '게임의 나라'에 발을 들인 듯한 기분이 들었다. 그곳의 불빛은 평범한 조명이 아니라, 사람의 이성을 흔드는 유혹 같았다.

먼저, 우리는 욕심내지 말고 정해 둔 금액만큼만 해 보자고 약속했다. 손에는 인출한 10만 원을 쥔 채, 테이블 앞에 자리를 잡았다. 우리가 고른 게임은 가장 단순해 보이는 바카라였다. 플레이어와 뱅커가 각각 두 장의 카드를 받아 합이 9에 가까운 쪽이 승리하는 방식으로, 얼핏 보기에는 홀짝을 맞히는 듯 쉬워 보였다. 그러나 막상 게임이 시작되자, 판이 열릴 때마다 손에 쥔 돈이 순식간에 늘었다 줄었다 하며 긴장이 몰려왔다. 생각했던 것과 달리, 결코 만만한 게임이 아니었다. 그런데 그날, 정말 기적처럼, 아니, 기적이라 착각할 만큼 놀라운 일이 벌어졌다. 갑자기 7번을 연속으로 이기면서 내 손에 쥔 10만 원이 순식간에 80만 원으로 불어난 것이다. 쌓여 가는 칩을 바라보는 순간, 마치 세상을 다 가진 듯한 기분이 밀려왔다. 그 짜릿함은 쉽게 잊히지 않는다. 살면서 가장 가슴이 빨리 뛰던 순간이 바로 그때였을지도 모른다. 주머니 속에서 묵직하게 불어난 칩들이 부딪히며 내는 소리만으로도 심장이 터져 나올 것만 같았다.

친구들은 이만하면 됐다며, 한 명이라도 땄으니 소고기나 구워 먹자며 칩을 빨리 현금으로 바꾸라고 했다. 하지만 내 속에서는 '여기서 20만 원만 더 채우면 딱 100만 원인데…' 하는 욕심이 꿈틀거렸다. 그 순간, 행복은 금세 사라지고 말았다. 작은 욕심이 눈덩이처럼 불어나자, 시간은 내 편이 아니었다.

　조금씩, 그러나 꾸준히 칩은 다시 테이블 위로 흘러 나갔고, 결국 처음 들고 온 돈도 사라졌다. 아이러니하게도 80만 원을 몽땅 잃은 듯한 허탈감이 밀려왔다. 머리로는 '10만 원밖에 안 잃었다'고 계산이 되면서도, 마음은 자꾸 손실을 만회하고 싶어 한숨이 나왔다. 그날 친구 다섯 명이 함께였는데, 신기하게도 돈을 따서 돌아온 사람은 단 한 명도 없었다. 한 친구는 돈이 아깝다며 카지노에서 주는 무료 드링크만 열 잔 넘게 들이켰고, 또 한 친구는 "한 번만 더!"를 외치며 미련을 못 버렸다. 누구라도 그때 "스톱!"을 외쳤더라면, 정선 한우를 뜯고 있었을 텐데.

　카지노에 들어갈 때만 해도 주변 풍경이 화려하게만 보였는데, 몇 시간 뒤 숙소로 돌아가는 길에 바라본 정선의 모습은 달랐다. 카지노 근처엔 버려진 차들이 놓여 있었고, 이따금 구걸하는 사람들도 눈에 띄었다. 화려함 뒤편에는 행복보다 쓸쓸함이 더 짙게 드리운 표정들이 가득했다. 친구들 모두 결국 허름한 숙소에 모여 소주를 나눠 마셨다. 친구들 모두 허탈한 웃음을 지었고, 그날 입안에 맴돌던 쓸쓸한 소주의 맛은 아직도 잊히지 않는다. 그때 뼈저리게 느꼈다. 인간의 욕심은 끝이 없다는 걸. 휴가 내내 내 머릿속을 맴돈 것은 돈을 딸 때의 그 전율이 일었던 순간이었지만, 생각해 보면 차라리 그때 깔끔하게 다 잃은 게 다행이었다. 만약 그 돈을 그대로 가져왔더라면, 몇 번이고 번쩍이는 강원랜드로 향했을지 모른다. 그 일을 겪고 난 뒤로, 도박 이야기는 입에 올리지 않게 되었다. 정선에서 치른 10만 원짜리 수업료. 그것이 내게 남긴 가장 값진 교훈이었다.

아들아,

　요즘에는 휴대폰 하나로도 스포츠토토나 불법 코인 등, 마음만 먹으면 도박할 수 있는 길이 너무 많단다. 처음엔 재미있게, 가벼운 호기심처럼 다가온다. 적은 금액, 한 번쯤은 괜찮을 것 같은 말들이 너를 유혹하겠지만, 그 짜릿함은 오래가지 않는다. 아빠가 해 주고 싶은 말은 간단해. 절대 도박은 하지 마라. 도박은 '어떻게 이길까'를 고민할 게 아니라, 애초에 시작하지 않는 것이 최고의 승리라는 걸 기억하거라. 재미와 새로운 경험은 즐기되, 욕심과 위험에는 항상 주의하렴.

경찰서 체험기

: 절대 추천하지 않습니다

대학 친구들과 대구 시내에서 밤늦게까지 술을 마시고 학교로 돌아오던 길이었다. 그런데 그날따라 이상하게 택시가 잡히지 않아 결국 몇 분 늦고 말았다. 기숙사는 자정까지 통금이 있었고, 문은 이미 굳게 닫혀 있었다. 다급히 사감 선생님의 개인 휴대폰으로 전화를 걸었지만 받지 않으셨고, 게다가 학교 앞 모텔마저 수리 중이라 갈 곳조차 마땅치 않았다.

"어쩔 수 없지. PC방에서 밤을 새우자."

그렇게 마음을 정한 채 일행과 함께 골목을 서성이고 있을 때였다.

갑자기 고등학생 폭주족 몇 명이 오토바이를 몰고 와 우리 앞에서 급정거를 하더니, 대놓고 욕을 퍼부으며 시비를 걸어왔다. 술에 취해 있던 우리는 기분이 상했고, 일행 중 가장 나이 많은 형이 홧김에 고등학생의 뺨을 후려쳤다. 옆에서 나와 동생들이 말렸지만 술기운은 쉽게 가라앉지 않았다. 고등학생들은 오히려 기다렸다는 듯 우리를 더 자극하며 누군가는 경찰서에 신고했다. 잠시 후 도착한 경찰은 "때린 사람은 무조건 경찰차에 타야 한다"고 단호하게 말했다. 그러자 고등학생들은 상황을 더 크게 만들려 "저 형들한테 떼거지로 맞았다"고 거짓말을 보탰다. 결국 나까지 경찰차에 오르게 되었다. 그때까지만 해도 고등학생들의 거짓을 알리기 위한 증인으로 경찰서에 가는 것이라 생각했다.

경찰서에서 그들은 계속 우리를 향해 욕을 퍼붓고, '엄청 맞았다'는 과장된 진술을 이어 갔다. 우리는 속수무책일 수밖에 없었다. 당시 우리도 술에 취해 있었고, 경찰은 "술이 깨고, 다음 날 다시 오라"고 하여 일단 복귀했다. 다음 날, 술이 깬 뒤 다시 그곳을 찾았을 때, 맞았다고 주장하는 고등학생이 부모와 함께 와 있었다. 그의 엄마는 울먹이며 말했다.

"어제 너무 속상했어요. 애가 뺨이 퉁퉁 부어서 밤새 울더라고요."

우리는 할 말을 잃었다. 분명 한 대 맞은 것이 전부였는데, 모자(母子)는 마치 큰 피해를 입은 것처럼 연기를 하고 있었다. 본격적으로 대질조사가 시작되었고, 어제 사건이 일어난 그곳은 CCTV가 없는 사각지대라 우리가 폭력을 행사했다는 사실이 입증되지 않았다. 상황상 그 청소년들이 그곳에서 상습적으로 이런 일을 벌어 온 것은 아닐까 하는 생각이 들었다. 무거운 분위기 속에서 진행된 대질조사 내내 그 학생은 다리를 떨며 누군가와 메시지를 주고받았고, 가끔 웃기까지 했다. 모든 조사를 마치고 돌아가려는데, 한 경찰관이 살며시 귀띔해 주었다.

"애들 부모가 너희한테 합의금 뜯어내려는 거다. 걱정하지 마라. 아무 일 없을 거다."

그 말에 마음이 놓였고, 나는 다시 일상으로 돌아왔다. 그런데 한 달 뒤, 고향 집으로 등기우편이 날아왔다. 내용은 다름 아닌 벌금 고지서였고, 금액은 무려 50만 원이었다. 과태료나 범칙금이 아닌 정식 벌금이었다. 억울함과 분노가 동시에 치밀어 손이 떨렸다. 경찰서로 달려가 항의했지만, 그들은 시치미를 떼며 "우린 그런 적 없다. 단지 행정 절차일 뿐이다."라고 발뺌했다. 그 사건은 내 인생의 큰 오점으로 남았다. 한동안 '벌금 전과'가 나중에 인생에 걸림돌이 되지 않을까 마음 졸이며 걱정했다. 그날 이후, 실제로 한 대 때렸던 형과는 어색해졌고, 경찰서에 가면 곤란한 일이 생길지도 모른다는 경계심도 갖게 되었다.

인생의 위기는 예고 없이 찾아온다. 몇 년 뒤, 나는 또 한 번 경찰서를 찾게 되었다. 공무원 시험에 합격하고 비교적 여유로운 생활을 즐기고 있던 날이었다. '따르릉'.

"오진범 씨 맞으시죠? ㅅ경찰서로 출두해 주시기 바랍니다."

"무슨 일인가요?"

"몇 월 며칠, ㄷ세차장에 간 적 있으시지요?"

"네…. 무슨 일이지요?"

"그날 세차장에서 휴대폰 분실 사건과 관련해 용의자로 확인되어 조사가 필요합니다."

며칠 뒤 경찰서에 출두해 조사를 받았다. 한 달이 지난 시점이라 세차장에 간 것조차 가물가물했지만, 경찰은 그날 화장실에 다녀왔는지, 주변에 누가 있었는지 같은 사소한 것까지 꼬치꼬치 캐물었다. 조사실에 앉아 있자니, 마치 범죄자인 양 반말 섞인 말투로 취조를 당하는 기분이었다.

"너 공무원 불합격시킬 수도 있다. 그러니 솔직히 말해라."

당황스러움을 넘어 어이가 없었다. 그날 세차장에서 화장실을 다녀온 사이, 나보다 먼저 사용한 사람이 휴대폰을 잃어버린 것이었고, 사업을 하는 분이었는데, 휴대폰만 돌려주면 아무 일도 묻지 않겠다고 했다. 연락처가 수천 개나 들어 있어 손해가 크다고 했다. 나는 있는 사실대로 상황을 설명했고, 다행히 사건은 더 이상 이어지지 않았다. 이런 황당한 일에 답답함과 억울함을 느껴, 경찰 관련 일을 잘 아는 먼 친척 형에게 자초지종을 설명하며 조언을 구했는데, 돌아온 대답은 뜻밖이었다.

"야, 너 공무원 됐다고 까불더니 잘됐다. 네가 알아서 해라."

그 말은 예상치 못한 충격이었다. 진심으로 도움을 구했는데, 돌아온 건 조롱 섞인 냉소였다. 어릴 적 나를 챙겨 주던 형이었기에 더욱 마음이 쓰라렸다. '사람이 상황에 따라 이렇게 달라질 수 있구나', 그날 처음 실감했다. 사실 그는 예전에도 누나가 교사가 되었을 때 축하 대신 상처 주는 말을 한 적이 있었다. 그때도 느꼈지만, 자격지심은 사람을 참 초라하게 만든다. 그날 다짐했다. 남의 잘됨을 시기하지 말고, 진심으로 축하할 줄 아는 사람이 되자고. 그리고 어떤 상황에서도 교만하지 않고 겸손한 마음으로 사람을 대하자고.

그때 떠올랐던 건 할머니의 말씀이었다.

"경찰서와 병원은 갈 일 없도록 살아라. 범죄를 저지르지 말고, 아프지도 말라는 뜻이다." 또한 "남이 잘되었을 땐 축하하고, 불행할 땐 위로해 줘라. 그게 사람의 기본이다." 그 말들은 가벼운 조언이 아니라 내 삶의 방향을 잡아 준 말이었다. 현재까지 신호 위반 과태료 한 장 없는, 청렴과 준법정신을 중요하게 여기는 나로서는 도저히 받아들일 수 없는 일이었다. 또 경찰서를 다녀온 뒤, 사람을 대하는 태도와 세상을 바라보는 시선에 대해 한 번 더 생각하게 되었다.

　아들아,
　아빠 인생에 두 번이나 경찰서와 얽힌 황당한 위기가 있었단다. 그때마다 억울하고 속상했지만, 그 속에서 소중한 교훈을 얻었어.
　첫째, 인생에는 예기치 못한 일이 생긴다는 것. 둘째, 사람과 세상을 대하는 태도가 얼마나 중요한지도 알게 되었단다. 억울함 속에서도 감정을 다스리고, 원망보다는 배움으로 삼는 마음이 필요하다는 걸 깨달았지.
　그러니 아들아, 살아가면서 뜻하지 않은 일이 생겨도 겁먹지 말고 감정에 휘둘리지 말며, 올바른 마음으로 대응하거라. 삶에서 만나는 걸림돌도 언젠가는 디딤돌이 될 수 있다는 것을 기억하며 성장하길 바란다.

청춘, 흩날리는 꽃잎 속에서

공무원 학원에서의 첫 만남은 그저 스쳐 지나가는 사람일 줄 알았다. 수많은 사람들이 같은 공간에서 똑같은 교재를 펼쳐 들고 있었고, 나 역시 합격이라는 목표만 바라보며 하루하루를 버티던 시절이었다. 단조롭고 팍팍한 일상 속, 그녀는 유독 눈에 들어왔다. 화려하거나 요란하지는 않았지만, 독서실 한편에 묵묵히 앉아 공부하는 모습은 단정하고 멋졌다. 큰 키에 유머러스한 성격 그리고 에쁘게 웃는 얼굴까지. 그 단아한 태도는 이상하게도 오래 마음에 남았다.

그렇다고 수험 생활 도중 우리 사이에 특별한 대화가 오간 것은 아니었다. 우리는 철저히 수험생이었고, 마음을 나누기보다 합격이라는 목표에 모든 에너지를 쏟아야 하는 시간 속에 있었다. 그 속에서 생기는 감정은 감춰야 했다. 그럼에도 지친 청춘의 한가운데서, 그녀는 작은 불빛처럼 다가왔다. 고된 공부와 지루한 일상의 반복 속에서도, 독서실에서 마주치던 그녀의 존재는 나에게 설명할 수 없는 위안이 되었다. 그러던 중, 그녀가 먼저 합격했다는 소식이 전해졌다.

기쁨도 있었지만, 어딘가 허전했다. 독서실에서 늘 마주치던 그녀의 얼굴이 하루아침에 보이지 않자 마음이 괜히 허전해졌다. '나도 꼭 합격해서 그때 연락을 해 봐야지.' 그렇게 스스로를 다독이며 마음을 다시 다잡았다. 하지만 그해 치러진 시험에서도 결국 고배를 마셨고, 어쩔 수 없이 다시 학교로 돌아가야 했다. 그렇게 다시 시간을 보내며 준비를 이어 갔고, 긴 시간을 돌고 돌아 마침내 합격 소식을 듣게 되었다.

20대의 끝자락, 바쁘게 공직 생활을 하던 중 갑자기 그녀가 떠올랐다. '합격'이라는 명분도 생겼겠다, 비로소 용기를 낼 수 있었다. 그 동안 마음속에서만 되뇌던 다짐을 마침내 행동으로 옮긴 것이다. 다행히 그녀는 나를 기억하고 있었고, 다시 마주한 순간, 예상과 달리 어색하지 않았다. 오히려 오래된 친구를 만난 듯 편안했다. 그것은 우연이 아니라, 작은 운명처럼 느껴졌다. 청춘 한가운데 스친 시선, 나직하게 오간 몇 마디, 잠시 겹쳐 지나간 길. 사랑이라 부르기엔 부족했고, 우정이라 하기엔 아슬아슬했다. 우리는 그 경계선 위에서 살짝 떨리는 두근거림을 나누고 있었다. 그러던 어느 날, 우리는 벚꽃을 보겠다며 팔공산을 찾았다. 그러나 꽃은 이미 져 버렸는지, 아니면 아직 피지 않은 건지, 그 어디에도 흔적조차 없었다. 허전한 마음이 들 무렵에 그녀가 제안했다.

"그럼 제 고향에서 열리는 대가야 축제에 한번 가 볼래요?"

그렇게 우리는 방향을 틀어 그녀의 고향으로 향했고, 뜻밖에 그곳에서 또 다른 봄을 만나게 되었다. 봄 햇살에 물든 축제장 거리에는 활기로 가득 찼다. 바람에 실려 온 꽃잎이 길 위를 하얗게 물들이고 있었고, 사람들로 가득한 축제 속에서 우리는 나란히 걸었다. 서로의 어깨가 스칠 때마다 느껴지는 미묘한 떨림이 있었다. 그날의 공기 속에는 꽃향기와 햇살, 사람들의 웃음과 우리 둘만의 대화에서 흘러나오는 온기까지 어우러져 기억 속에서 생생하게 되살아난다. 저녁이 되자, 작은 주막에 들어가 막걸리 잔을 나눴다. 서빙하던 이모의 넉살 좋은 농담에 그 자리는 화기애애한 분위기로 가득 찼고, 우리는 그 수수한 분위기에 자연스럽게 스며들었다. 잔은 자꾸만 채워졌고, 말은 점점 더 가벼워졌다. 잔이 오가며 우리는 서로의 이야기를 조금 더 깊게 나눴다.

마음을 전한 순간들이 있었지만, 이후의 대화 내용은 희미하게 흐려졌다. 그날의 공기와 온도만큼은 고스란히 남아 있다. 막걸리 특유의 달큰한 향, 불빛에 반짝이던 그녀의 눈빛. 그날은 벚꽃만큼이나 축제의 흥과 따스한 봄기운이 우리의 봄을 환하게 밝혀 주고 있었다. 그날의 대화가 기억나지 않는다는 사실이 오히려 그날의 소중함을 증명하는 듯하다. 말의 내용보다도 내 안에 선명하게 남은 건 봄바람의 촉감, 그곳을 가득 메운 웃음소리 그리고 마치 시간이 멈춘 듯한 그 순간의 감각이었다. 그날은 분명 잊히지 않을 가장 예쁜 봄이었다.

그 후 우리는 가끔 안부를 주고받았지만, 인연은 더 깊어지지 않았다. 자연스레 서로 다른 길을 걸었고, 지금은 각자의 가정을 이루고 살아간다. 내가 사는 창원에 봄이 오면 도시는 온통 분홍빛으로 물들고, 바람에 흩날리는 꽃잎들은 마치 눈처럼 내린다. 분주한 사람들 사이를 거닐며 벚꽃길을 스칠 때마다 그 시절의 나와 마주한다. 환하게 피었다가 바람에 흩어지는 벚꽃처럼, 그때의 봄과 설렘도 짧고 눈부셨음을 이제는 안다. 때로 '만약'이라는 상상이 스치지만, 이루어지지 않았기에 오히려 그 순간은 더 아름다웠다. 이름 붙일 수 없는 관계였기에, 애매하면서도 순수했던 감정은 내 청춘의 증거로 남았다. 어쩌면 우리가 함께 터뜨렸던 웃음은, 이미 끝난 인연을 넘어 내 마음속에 영원히 남은 풍경이 되었을지도 모른다.

'그녀는 그날의 봄을 어떻게 기억하고 있을까?'

아들아,

살다 보면 기억 속에 오래 남는 장면들이 있단다. 특별히 화려하거나 극적인 일이 아니어도, 마음에 오래도록 남는 순간 말이야. 중요한 건, 이런 장면들이 삶 속에 예기치 않게 찾아오고, 오래도록 마음에 남는다는 사실이란다. 사랑이나 우정, 순간의 설렘이 다 그렇단다. 이름 붙이기 어렵고, 길게 이어지지 않을 수도 있지만, 그 순간을 온전히 느끼고 기억하는 것만으로도 충분히 소중해. 그러니 살아가면서 맞닥뜨릴 모든 좋은 순간들을 흘려보내지 말고 마음에 담아 두렴. 삶의 아름다운 장면들이 너를 웃게 하고 따뜻하게 만들어 줄 거야.

10월의 찬사

바람은 차갑고 햇살은 따뜻하다.
나는 문득 멈춰 서서
지나간 이름들을 불러 본다.

첫사랑의 웃음은 노을빛에 물들고
고향 들녘의 황금 결은
내 마음까지 물들인다.

청춘, 서툴고도 치열했던 날들.
고요한 바람결 속에
아직도 발자국은 남아 있다.

10월은 나에게 그리움의 문을 연다.

떠난 이들, 멀리 있는 이들,
모두가 바람을 타고
다시 내게로 돌아온다.

10월,
너는 나의 청춘
너는 나의 그리움
그리고, 끝없는 찬사.

Chapter 4.

40대의 문턱에서
: 지금, 그리고 앞으로

여행, 삶을 넓히다!

나의 첫 해외여행은 다소 늦은 스물일곱에야 시작되었다. 이전에는 호주 워킹홀리데이, 친구들과의 유럽 여행을 거창하게 계획하기도 했지만, 낯선 땅에 대한 두려움이 내내 발목을 잡았다. '조금만 더 일찍, 젊은 날에 해외를 경험했다면 시야가 훨씬 넓어졌을 텐데' 하는 아쉬움이 남는다. 하지만 돌아보면, 바로 그 늦은 출발 덕분에 서투름마저 젊음의 흔적으로 남아 여행의 순간들을 오래도록 기억하게 된다. 기억에 남는 여행은 동기 손병윤과 함께한 태국 여행이다. 무더운 날씨 속에서도 나를 세심히 챙겨 주었고, 이곳저곳 관광지를 안내하며 로컬 시장으로 이끌어 주었다. 낯선 길목에서는 능숙한 영어로 대화하며 우리 일정을 매끄럽게 이끌어가는 모습이 참 든든했다. 나보다 어린 동생임에도 그 순간만큼은 의지가 되는, 믿음직한 형처럼 느껴졌다. 그때의 고마운 마음을 따뜻하게 간직하고 있다.

잊을 수 없는 사건 하나! 방콕에서 툭툭을 타고 이동하던 중, 가방을 두고 내리고 말았다. 현금도 있었지만 여권까지 들어 있어 가슴이 철렁했다. ‘혹시 누가 가져가 버리면 어쩌지?’ 하는 불안감이 온몸을 휘감았다. 게다가 태국의 치안이 썩 좋지 않다는 이야기를 들었던 터라 걱정은 더욱 커졌다. 여행이 시작부터 꼬인 것만 같아 자책하며 우리는 서둘러 하차했던 장소로 돌아갔다. 그런데 놀랍게도, 그곳에는 툭툭 기사가 한 시간 동안 가방을 지키며 기다리고 있었다. 마치 우리가 돌아올 것을 알고 있었던 듯했다. 잃어버렸다고 단정 짓고 초조해하던 나에게 그 광경은 말로 표현하기 힘든 감동으로 다가왔다. 우리는 “땡큐, 땡큐!”를 연발했고, 영어 한마디 할 줄 모르는 젊은 툭툭 기사님은 미소를 지으며 “마이 펜 라이(괜찮아요).”라고 답했다. 가방 안은 그대로였고, 고마운 마음에 우리는 그에게 약간의 팁과 함께 시원한 음료수를 건넸다. 젊은 나이임에도 앞니가 빠진 채 환하게 웃던 그의 미소가 생생하게 기억난다. 그날 이후 태국 사람들에 대한 인식뿐만 아니라, 여행 속에서 사람을 믿고 신뢰하는 마음가짐 자체가 달라졌음을 느꼈다. 비록 가슴이 철렁했던 순간이었지만, 그 경험은 오히려 가장 또렷하게 남아 있는 장면이 되었다.

최고의 여행은 미국 동부 여행이다. 운이 좋게도, 2024년 시(市)에서 주관하는 해외 벤치마킹 프로그램을 통해 미국으로 떠날 수 있었다. 처음 발을 디딘 뉴욕은 그야말로 에너지의 도시였다. 브로드웨이의 화려한 불빛, 센트럴파크에서 여유를 즐기는 사람들, 자유의 여신상이 주는 위엄까지, 짧은 시간에도 다양한 모습을 보여 주었다. 높은 빌딩 사이를 거닐며 분주히 오가는 사람들, 타임스퀘어의 눈부신 광고판, 거리 곳곳에서 울려 퍼지는 음악과 소음들…. 그 속에 있다 보면 도시 전체가 거대한 심장처럼 뛰고 있는 듯한 느낌이 온몸으로 전해졌다.

　보스턴에서는 역사와 학문의 향기가 물씬 느껴졌다. 하버드와 MIT 캠퍼스를 거닐며, 오래된 건물과 현대적인 학문이 조화를 이루는 풍경에 감탄했다. 하버드 캠퍼스 안에 있는 존 하버드 동상의 왼발을 만지면 이 대학에 올 수 있다는 속설이 있는데, 나도 아들을 떠올리며 그 발을 살며시 만져 보았다. 하버드의 가을은 유난히 아름다웠다. 붉게 물든 나무와 고즈넉한 캠퍼스 풍경이 마음에 오래도록 남았다. 자유와 혁신을 향한 미국의 정신을 생생하게 느낄 수 있는 도시였다.

　마지막으로 들른 워싱턴 D.C.는 묵직한 역사와 위엄이 공존하는 곳이었다. 국회의사당, 백악관, 링컨 기념관을 둘러보며 미국이라는 나라가 가진 정치적 중심과 역사적 무게를 체감했다. 거리 곳곳에는 기념비와 동상이 늘어서 있어 과거와 현재가 겹쳐진 듯한 느낌이 들었고, 걷는 것만으로도 역사 속을 거니는 기분이 들었다.

　짧은 일정이었지만 뉴욕의 활기, 보스턴의 지적 감성, 워싱턴의 역사적 깊이까지 세 도시가 주는 색깔이 뚜렷했다. 여행을 통해 미국 동부가 가진 다채로운 매력을 조금이나마 경험할 수 있었다. 여행 내내 가장 큰 도움을 주고, 지구 반대편에서도 든든하게 의지할 수 있었던 동료들에게 진심으로 감사한 마음을 전한다. 그들의 배려와 친절 덕분에 여행이 훨씬 풍성하고 안전하게 기억될 수 있었다. 언젠가 기회가 된다면, 이번에는 가족과 함께 미국 서부를 여행해 보고 싶다.

　첫 여행을 계기로 코로나19 시기를 제외하면 해마다 한 번씩은 꼭 해외로 나가고 있다. 그 나라에서만 누릴 수 있는 독특한 문화와 순간들을 경험하며 여행의 매력을 새삼 느낀다. 요즘은 가족과 함께 떠나는 여정이 또 다른 즐거움과 의미를 더해 준다. 여행은 단순한 관광이나 휴양을 넘어선다. 새로운 곳을 준비하며 느끼는 기대감, 비행기를 타기 전 두근거림, 그 모든 과정이 즐겁다. 어쩌면 여행지에서의 경험보다 이 기대감 때문에 떠나는 것일지도 모른다. 함께하는 동반자와 길 위에서 만나는 사람들 역시 잊을 수 없다. 언어가 달라 손짓과 발짓으로 대화해야 할 때조차 신기하고 재미있다. 낯선 땅에서 뜻밖에 즐거움을 함께 느끼는 순간, 그것이야말로 여행의 참된 매력인지도 모른다.

다만, 영어 회화를 자유롭게 하지 못한다는 점은 가장 큰 아쉬움 중 하나. 여행에서 일상적인 대화가 여행을 매끄럽게 만들고, 현지 사람들과 소통하는 것이 즐거움의 큰 부분을 차지하는데, 그 즐거움을 충분히 누리지 못하는 것이 아쉽다. 외국에서 현지인과 유창하게 이야기하는 상상을 종종 하지만, 현실은 몇 마디 단어로 버벅이는 수준에 그친다. 그럴 때마다 '조금만 더 공부할걸' 하고 후회가 밀려온다. 지금이라도 시작하면 되는데, 정작 꾸준히 실천하지 못하는 것이 영어 회화다.

그래도 앞으로도 계속 여행을 다닐 것이다. 어릴 적 사회과부도 책에서 나라와 수도, 그 나라의 특징을 거의 외울 정도로 세계에 대한 관심이 많았다. 그때의 호기심과 설렘이 지금까지 이어져, 여행의 즐거움을 알게 해 주었다. 내가 감당할 수 있는 범위 안에서, 그리고 아들이 스무 살이 될 때까지는 꼭 함께하고 싶다. 매년 한 번씩 떠나는 해외여행이 우리 가족의 특별한 추억으로 쌓이길 바란다. 우리 가족의 다음 여행은 과연 어디에서 우리를 기다리고 있을까?

아들아,

아빠는 한때 해외여행을 떠나는 것이 두려워 쉽게 발걸음을 떼지 못했단다. 바쁘다는 핑계를 앞세운 채, 여행이 주는 설렘과 매력을 제대로 느껴 보지도 못한 채 시간을 흘려보냈지. 지나고 보니, 그렇게 흘려보낸 시간이 참으로 아쉽기만 하다. 여행을 준비하며 느낀 설렘, 비행기 탑승 전 가슴 두근거림, 길 위에서 만난 사람들과 나눈 웃음과 대화까지, 그 모든 장면들이 시간이 지나도 마음속에서 쉽게 사라지지 않는다.

여행은 익숙한 일상에서 잠시 벗어나 지금의 삶에 감사하고, 내 주변을 다시 돌아보게 해 준다. 그리고 다시 일상으로 돌아왔을 때 이전보다 더 충실하게 살아갈 힘을 건네주는 소중한 원동력이 되어 주기도 한단다. 그래서 아빠가 해 주고 싶은 말은 하나뿐이다. 마음껏 여행하거라. 언젠가 네가 첫 해외여행을 스스로 멋지게 계획해 보여 준다면, 그 여행의 경비는 아빠가 모두 책임져 주마. 세상을 넓게 보고, 그만큼 단단해진 너의 모습을 항상 응원하마.

늦깎이의 배움,
천천히 걷는 시간 속에서

2019년, 서른두 살의 나이에 ○○대학교 행정학과로 편입했다. 공무원 일을 해 보니 행정학이 업무와 밀접하게 맞닿아 있었고, 현장에서 부딪히며 느꼈던 업무의 맥락과 흐름을 더 깊이 이해할 수 있으리라 생각했다. 무엇보다 나는 '가방끈이 짧다'는 콤플렉스를 안고 있었고, 이를 조금이나마 해소하고 싶다는 마음도 한몫했다. 배움에 끝은 없고, 새로운 지식을 쌓는 과정 자체가 내게 활력을 주었다. 평범한 일상에 작은 불씨를 심는 것처럼, 새로운 공부는 내 삶에 신선한 바람을 불어넣었다.

내 학번과 학과를 돌아보면 조금 재미있다. 07학번은 방송연예과, 10학번은 산업설비자동화과 그리고 19학번은 행정학과. 전혀 다른 길을 향하던 세 개의 선택은 돌아보니 모두 나를 향하고 있었다. 이미 직업을 가졌고 실패와 시행착오를 한 차례 지나온 뒤였기에, 이번에는 성적보다 배움 그 자체를 즐길 수 있었다. 눈부시게 빛나던 젊은 날은 아니었지만, 나는 멈추지 않았다.

처음엔 젊은 친구들과 함께 학교 생활을 하는 것이 조금 부끄럽게 느껴졌다. 하지만 나와 같은 늦깎이 대학생이 많다는 것을 알게 되면서 자연스럽게 이야기를 나누었고, 친구가 되기도 했다. 대학교 축제 때는 주막에 들러 술 한잔을 기울이며 대학생이 된 기분을 마음껏 즐기기도 했다. 조별 과제가 있을 때는 직장 일과 겹쳐 적극적으로 참여하지는 못했지만 조원들에게 밥을 사 주며 공무원 생활이 어떤지, 공부는 어떻게 했는지, 현재 내가 대학을 세 번 다니고 있는 사정을 솔직하게 들려주었다. 학과의 어린 친구들 중에는 공무원을 꿈꾸는 이들이 많았는데, 그들은 이미 자리를 잡은 내 모습을 부러워하기도 했다. 이전과 달리 한결 여유로웠고, 지금의 대학 생활은 더 이상 부담으로 다가오지 않았다. 그렇게 마음껏 대학 생활을 즐기며, 예전에는 알지 못했던 안정과 자유를 누리고 있었다.

늦깎이 대학생 시절, 기억에 남는 재미있는 일화가 하나 있다. 우리 지역 야구장에서 대학생 50% 할인 이벤트를 하고 있었는데, 당시 나는 당당한 19학번 대학생이었다. 자랑스럽게 "저 대학생이에요!" 하고 말하자, 매표원이 내 얼굴을 한참 살피더니 뜻밖의 한마디를 건넸다.

"교수님은 안 됩니다."

순간 당황하여 얼른 학생증을 꺼내 보였고, 그 모습을 지켜보던 줄 뒤의 사람들까지 한꺼번에 웃음을 터뜨렸다. 그런 소소한 웃음들이 모여 대학 생활의 여유와 즐거움이 더욱 특별하게 느껴졌다. 하지만 2020년, 세상은 예상치 못한 방향으로 흘렀다. 전 세계를 덮친 감염병이 우리의 삶을 완전히 뒤흔든 것이다. 그해는 코로나19로 시작해 끝까지 그 여파 속에서 움직여야 했다. 수일간의 학교 휴업이 이어지는 동안, 동시에 감염병 대응 업무에 투입되어 숨 쉴 틈 없이 바쁘게 지내야 했다. 다행히도 온라인 수업 덕분에 어려운 상황 속에서도 학업을 계속 이어 갈 수 있었다. 코로나19 대응 업무 속에서도 화면 너머의 강의는, 학생이라는 사실을 잊지 않게 해 주었다. 그리고 2021년 2월, 감염병을 뚫고 졸업장을 품에 안았다. 새로운 배움의 끝에서 한 단계 더 나아가는 순간이었다. 세상은 혼란스러웠지만, 그 속에서 한 층 더 성숙해진 나 자신을 느꼈다. 나는 여전히 배우고 성장하며 앞으로 나아갈 것이다. 언젠가는 석사에도 도전해 보고 싶다. 그 경험을 통해 마주하는 모든 순간들을, 감사한 마음으로 기억할 것이다.

아들아,

아빠는 대학을 세 번이나 다녔단다. 남들이 보면 우여곡절이 많은 삶처럼 보일지 모르지만, 아빠의 삶에서 헛된 시간은 한 조각도 없었단다. 첫 번째 대학에서는 꿈을 위해 도전해 보았고, 두 번째 대학에서는 현실과 타협해 취업의 길을 선택했단다. 그리고 세 번째 대학에서는 서른두 살에 편입해 다시 배우는 즐거움을 느꼈단다. 그 과정에서 배움에는 끝이 없고, 새로운 지식을 쌓는 일은 삶을 풍요롭게 만든다는 것을 깨달았지. 그때는 남들보다 느리게 가는 것 같기도 했지만 인생은 생각보다 길고, 한두 해 늦어지거나 넘어지는 일은 결코 인생을 바꾸지 못한단다. 오히려 그 경험이 너를 성장시키는 자양분이 될 거야. 실패나 느림을 두려워하지 말고, 호기심과 열린 마음으로 계속 배우고 경험하거라. 또한 그 길 위에서 만나는 사람들과의 작은 인연도 큰 힘이 된단다. 아들아, 삶 속에서 배움과 따뜻한 만남을 소중히 여기며 살아가길 바란다.

전화 한 통이 바꾼 인연

때는 2020년 1월이었다. 당시 나는 가장 바쁘다는 사회재난팀에서 근무하고 있었고, 코로나19가 막 국내에 들어오던 시점이었다. 언론에서는 아직 크게 다루지 않았지만, 이미 대응 업무로 매일 밤늦게까지 사무실에 남아 있어야 했다. 그런 긴박한 상황 속에서 갑자기 전화가 울렸다.

'따르릉'.

"받을까, 말까…."

바쁜 와중에 울려대는 전화벨 앞에서 잠시 망설였다. 몇 년 전 함께 근무했던 직장 상사에게서 걸려 온 전화였다. 전화를 받자, 다짜고짜 강렬한 목소리가 들려왔다.

"진범아, 너 장가보내 줄게. 쓸데없는 소리 하지 말고 한번 만나 봐."

반쯤은 협박 같고, 반쯤은 농담 같은 말에 마지못해 "네, 알겠습니다." 하고 답했다. 그렇게 성사된 소개팅은 내 삶의 전환점이 되었다.

연락을 받고도 바쁜 업무에 치여, 결국 일주일이 지나서야 연락을 했다. 예전에 상사의 소개로 몇 번 소개팅 자리에 나간 적이 있었지만, 그때마다 '아, 회사에서 주선하는 소개팅은 내 취향이 아니구나'라는 생각만 들었다. 소개팅으로 결혼할 인연이었다면 진작 했겠지만, 마음에 맞는 사람을 찾는 일은 생각보다 쉽지 않았다. 그런 생각을 머릿속에 담은 채 큰 기대 없이 약속 장소로 향했다.

창원의 가로수길, 한적한 카페 앞. 일찌감치 도착해 자리를 잡고 있었다. 조금 늦게 나타난 그녀는 허겁지겁 뛰어왔는데, 그 발걸음 하나하나가 경쾌하게 느껴져 무척 귀여워 보였다. 미안한 듯한 얼굴과 걸음 속에 담긴 조급함이 어쩐지 사랑스러워, 나도 모르게 미소가 지어졌다. 처음 만난 그녀는 큰 눈망울과 작은 입이 조화롭게 어우러진 얼굴을 하고 있었고, 귀걸이가 은은하게 반짝이며 시선을 끌었다. 옷차림에서도 세련된 감각이 느껴져 단번에 눈길을 사로잡았다.

가볍게 시작한 대화는 어느새 두 시간을 훌쩍 지나 있었다. 이야기는 끊임없이 이어졌고, 커피 향이 코끝을 스치며 대화에 온기를 더했다. 말 한마디마다 자연스럽게 웃음이 터져 나왔다. 어색함은 전혀 없었고, 놀랍게도 그녀와 나는 마치 같은 주파수로 맞춰진 라디오처럼 완전히 같은 코드로 통하고 있었다. 그 순간만큼은 세상의 소음이 사라진 듯, 오로지 우리 둘만의 시간처럼 느껴졌다. 예전의 다른 누군가와의 만남이 어색하고 부자연스러웠다면, 그녀와의 첫 만남에서는 그런 느낌이 전혀 없었다. 오히려 처음부터 '이 사람이라면 결혼까지도 가능하겠구나'라는 생각이 스며들었다. 그 자연스러움과 편안함이, 모든 계산과 노력으로는 만들 수 없는 특별한 감각임을 깨달았다. 우리는 그 뒤로 몇 차례 더 만나며 서로를 알아 갔다. 한 통의 전화가 만들어 낸 소중한 인연 그리고 그날 카페에서 나누었던 편안한 대화와 따뜻한 분위기는 내 마음에 잔잔한 온기를 남긴다.

아들아,

전화를 받을까, 말까 고민될 때가 있겠지? 받아라. 이 전화를 받지 않았다면, 엄마와의 만남도 없었을지 몰라. 그랬다면 아빠와 엄마의 인생도 달라졌을 것이고, 이 세상에 경민이도 없었을 수도 있단다. 모든 것이 결과론적이지만, 아빠 인생의 변환점은 2020년 2월, 한 통의 전화였다고 생각해.

천안에서의 차장님 전화도 마찬가지란다. 아빠에게 주어진 사소하지만 고민되었던 선택의 순간. 두 번 모두 결국 '전화를 받는 것'을 선택했어. 그것이 지금의 아빠를 만든 거란다. 작은 선택이지만 그 전화를 통해 뜻밖의 인연을 만나고, 인생을 바꿀 중요한 순간이 찾아올 수도 있단다.

거리 두기를 뚫은 사랑

그녀와 사귀기로 결심했지만, 코로나19 대응 업무로 너무나도 바빴다. 매일 아침 조기 출근을 하고, 칼퇴근은커녕 하루가 언제 끝날지 알 수 없는 날들이 이어졌다. 그 시기 내 업무는 눈코 뜰 새 없이 몰아쳤고, 매 순간 긴장과 압박 속에서 하루를 버텨야 했다. 그럼에도 불구하고, 감염병 따위가 우리의 사랑을 막을 수는 없었다. 그녀와 함께하는 생각만으로 바쁜 일상 속에서도 작은 숨통이 트이는 듯했다. 당시 정부는 코로나19 대응책으로 거리 두기를 권장했고, 사회재난 팀원으로서 나 역시 코로나19에 걸리면 안 된다는 중압감을 안고 있었다. 그녀는 그때 진주에서 근무하고 있었는데, 일이 끝나면 잠깐이라도 그녀를 보기 위해 한 시간을 훌쩍 넘는 운전도 기꺼이 감수하곤 했다.

이상하게도 하루 종일 지쳐 있던 몸이었지만, 일을 마치고 그녀를 만나러 가는 발걸음만큼은 그 어느 때보다 가벼웠다. 차 안에서 그녀를 떠올리면 피곤함은 순식간에 사라지고 설렘과 기대감이 온몸을 감쌌다. 코로나19 시기라 데이트는 제한적일 수밖에 없었지만, 우리가 만나는 시간마다 진솔한 이야기로 가득 채워졌다. 알고 보니 그녀 역시도 어머니, 그러니까 지금의 장모님의 지인 소개로 나를 만난 것이어서 우리 둘의 만남은 어쩌면 조금 복잡한 인연으로 시작된 소개팅이었다. 그래서인지 우리 만남은 여느 소개팅보다 조금 더 진지했고, 결혼을 전제로 한 대화도 자연스럽게 우리 사이를 오갔다. 누군가에 대해 확신을 가진다는 것이 얼마나 어려운 일인지 알기에, 나는 문득 생각했다. 세상에는 이런 확신을 쉽고도 분명하게 주는 사람이 있구나 하고.

첫 만남에서 느낀 그 감정은, 만날 때마다 '결혼할 사람은 이미 정해져 있는 것 같다'는 생각으로 점점 굳어졌다. 공교롭게도 그녀의 이전 연애 경험은 나와 닮아 있었고, 그 점이 우리 사이에 깊은 공감을 불러일으켰다. 서로의 마음과 경험이 맞닿는 느낌은 생각보다 강렬했다. 또, 좋은 사람을 만난다면 주저하지 않고 빨리 결혼하고 싶다던 그녀의 솔직한 마음이 내 마음을 더욱 설레게 했다. 비록 만난 기간은 짧았지만, 만나는 순간 느껴지는 감정이 훨씬 깊을 수 있다는 사실을 깨달았다.

바쁜 와중에 우연히 글램핑 티켓을 얻게 되었다. 잠시 고민했지만 사무실에는 비밀로 한 채, 우리 둘은 코로나19를 뚫고 떠났다. 그날 그녀는 여행 내내 얼굴 가득 행복한 미소를 지으며 "세상에서 제일 행복한 순간"이라고 말했다. 저녁이 깊어 갈 무렵, 가볍게 비가 내리고 모닥불은 은은한 불빛을 뿜으며 바람에 흔들리듯 타올랐다. 어설픈 나의 기타 연주는 오히려 그녀를 더 즐겁게 만들었다. 옆 텐트에서는 밤새 어느 가족 아이들의 웃음 섞인 이야기 소리가 들려왔다. 부부는 우리 텐트로 다가와 과일을 나눠 주며 대신 소주 한 병만 달라고 했다. 그러면서 미소를 지으며 말을 건넸다.

"기타 소리가 참 좋네요. 두 분, 참 잘 어울려요. 우리도 그런 시절이 있었는데…"

우리는 서로를 바라보며 속삭였다.

"우리도 빨리 결혼해서 아이와 함께 올 수 있으면 좋겠어요."

그녀는 가볍게 넘기지 않았다.

"맞아요. 정말 좋아 보여요."

그녀의 눈빛은 솔직함과 설렘으로 반짝였다. 밤새 준비한 와인을 곁에 두고, 우리는 서로 좋아하는 노래를 번갈아 들었다. 빗소리는 점점 굵어졌고, 그녀는 정말 행복하다며 눈물을 훔쳤다. 나 또한 그 순간을 가슴속 깊이 새기며 잊지 못할 인상으로 간직했다. 우리의 밤은 그렇게 서서히 깊어져 갔다. 바쁨과 제약 속에서 여행을 포기했다면, 우리의 감정도 상황 속에 지쳐 버렸을지도 모른다. 사랑이 찾아오는 순간은 잡지 않으면 사라진다. 밀고 나가야 하고, 적극적으로 행동해야 한다. 여자에게 필요한 것은 남자의 진심이고, 결혼은 남자가 얼마나 추진력 있게 마음을 밀고 나가느냐에 따라 달라진다.

아들아,

사랑이 참 어렵다는 것을 아빠도 잘 안단다. 학교에서는 영어, 수학 같은 과목은 자세히 가르쳐 주지만, 사랑을 하고 이별 후 마음을 다스리는 법 같은 것은 아무도 가르쳐 주지 않지. 그래서 누구나 처음엔 상처받고 실수하기 마련이란다.

하지만 너에게 해 주고 싶은 말은 하나다. 마음껏 사랑하고 행복해라. 그리고 이별을 겪더라도 너무 오래 슬퍼하지 말아라. 좋은 사람은 분명 다시 나타난다. 이별 후에는 그 사람이 아니면 안 될 것 같다며 마음이 아프겠지만, 시간이 지나면 차분히 마음이 정리되고 새로운 인연이 찾아오게 된단다. 아빠가 이렇게 행복하게 살 수 있는 것도, 과거의 인연에 집착하지 않고 받아들이며 새로운 사람을 만났기 때문이란다.

인간은 사랑 없이 살 수 없단다. 사랑을 통해 느끼는 기쁨과 설렘을 충분히 누리거라. 때로는 아픔도 있겠지만, 그것조차 모두 너를 성장하게 하는 경험이란다. 그리고 한 가지 더, 여자에게 통하는 것은 진심과 용기란다. 좋아하는 마음은 결코 헷갈리지 않아. 마음속 감정을 솔직하게 표현하고, 주저하지 말고 사랑을 전하거라.

눈 깜짝할 사이

경민이가 두 살이던 때의 일이다. 첫돌이 지나고, 우리 부부는 아들을 어린이집에 보내기 시작했다. 등원은 아내가, 하원은 내가 맡았다. 아이가 어린이집에 적응하는 초기에는 울고 떼쓰는 날이 많았다. 그럴 때마다 아내와 나는 서로의 업무와 일정을 조율하며, 아이가 조금이라도 편안하게 느낄 수 있도록 최선을 다했다. 매일 반복되는 일상이었지만, 아이의 성장과 변화, 작은 성취를 눈앞에서 지켜볼 수 있는 시간은 우리에게 특별하게 다가왔다.

2022년 6월 24일 금요일이었다. 평소보다 회사에서 조금 늦게 나왔고, 나오는 길에 우연히 다른 부서 동기를 만나 몇 분간 이야기를 나누며 또 평소 오던 길 대신 다른 길로 들어섰다. 아들을 빨리 하원시키고 싶은 조급한 마음에, 늘 지키던 신호마저 무시하고 노란불에 차를 내달렸다. 집 근처에 사는 처형에게 전화를 걸어 하원을 부탁하려 했지만 연락이 닿지 않았고, 결국 조금 늦은 시간에야 아들을 데리러 갈 수 있었다.

하늘은 이미 뉘엿뉘엿 저물고 있었다. 늦게 데려왔다는 죄책감 때문이었는지, 나는 곧장 집으로 향하지 않고 아파트 앞 호수를 함께 산책했다. 경민이도 금요일 오후 바로 집에 가지 않고 산책하는 것이 기분 좋은지, 들뜬 표정이었다. 그때 호수 건너편에 고양이 한 마리가 보였다. 경민이는 궁금한 눈빛으로 허리까지 오는 난간에 상체를 기댄 채 고양이를 향해 손짓하며, 종알종알 이야기를 나누듯 굴었다. 그 모습이 사랑스러워 담아 두고 싶었다. 휴대폰을 꺼내 사진을 찍으려는 순간, 경민이의 몸이 앞으로 쏠리더니 그대로 호수 안으로 고꾸라지고 말았다.

처음엔 단순히 물에 빠진 줄 알고 허겁지겁 건져 올렸다. 그러나 숨이 멎는 듯한 충격을 받았다. 경민이 얼굴이 피범벅이 되어 있었기 때문이다. 호수 안에는 물이 거의 없었고, 조형물인지 돌인지 모를 것에 이마가 깊게 찍혀 버린 것이었다. 주위에 있던 사람들도 놀라 다가와 119를 불러야 하는 것 아니냐며 걱정했고, 나는 급히 아내에게 전화해 여벌 옷을 챙겨 오라고 하며 상황의 긴급함을 설명했다. 경민이의 얼굴을 뒤늦게 본 아내는 엘리베이터에서 그만 주저앉고 말았다.

가쁜 숨을 몰아쉬며 근처 병원의 응급실로 달려갔지만, 돌아온 대답은 냉정했다.

"수술은 불가능합니다."

허겁지겁 응급 처치만 받고, 마음이 조마조마한 채로 수소문 끝에 봉합 수술이 가능하다는 부산까지 달려야 했다. 그곳은 긴급 환자들로 북적였고, 심하게 다친 아이들의 울음소리로 병원은 그야말로 아수라장이었다. 그 소란 속에서 경민이의 울음과 내 눈물이 겹쳐졌다. 아내는 차마 서럽게 우는 나를 다그치거나 원망할 수도 없는 상황이었고, 누군가는 단단히 정신을 차리고 있어야 했다. 의사의 "전신 마취가 필요하다"는 말에 가슴이 찢어지는 듯했다. 그렇게 작은 몸은 깊은 잠에 빠져들어 갔고, 의사는 수십 바늘을 꼼꼼히 꿰맸다. 평소 종교가 없던 내가, 그 순간에는 저절로 "하느님…" 하고 기도하고 있었다. 마취가 풀려 아이가 다시 울음을 터뜨리자, 차라리 대신 아팠으면 좋겠다는 생각이 들었다. 이후 우리 부부는 2주 동안 교대로 휴가를 내어 아이를 아낌없이 돌보았다. 하지만 며칠 뒤 실밥을 풀러 병원에 갔을 때, 우리는 또다시 충격을 받았다. 상처는 아물기는커녕 더욱 곪아 있었고, 결국 재수술이 필요하다는 소식이었다. 치료가 이어지는 동안 상황을 제대로 알지 못했다는 사실에 화가 났고, 내 잘못으로 아이가 이렇게 고통받고 있다는 사실이 너무나도 가슴 아팠다.

결국 우리는 창원의 다른 병원으로 아이를 옮겼다. 그곳에서 들은 말은 이전보다 훨씬 충격적이었다. 애초에 봉합 자체가 잘못되었다는 것이다. 경민이는 또다시 전신 마취를 하고 수술대에 올라야 했다. 의사는 차갑게 말했다.

"조금만 늦었더라면, 다른 살을 떼어 붙여야 할 정도였습니다."

그 말을 듣는 순간 심장이 얼어붙는 것 같았고, 머릿속은 공포와 죄책감으로 가득 찼다. 다행히 수술은 무사히 끝났지만, 흉터를 바라볼 때마다 마음이 아렸다. 다행히 머리와 이마 사이에 있어 머리카락으로 가리면 잘 보이지는 않지만, 그 자국은 나에게 지울 수 없는 죄책감을 남겼다. 그날을 떠올릴 때마다 '평소처럼 신호만 잘 지켰더라면', '사진을 찍지 않고 경민이 옆에서 같이 고양이를 봤더라면' 하는 후회가 끊임없이 밀려온다. 하지만 결국 모든 일은 내 작은 선택으로 비롯된 것이었다.

그 이후로 아이를 볼 때마다 더 조심하게 된다. '아이들은 눈 깜짝할 사이 다친다'는 말을 뼈저리게 깨달았기 때문이다. 여전히 경민이가 넘어지고 다치기도 하지만, 그날을 떠올리며 마음을 다잡는다. 그날의 경험은 부모로서 평생 잊을 수 없는 교훈이 되었다.

또 하나의 아찔한 사건이 벌어졌다. 결혼기념일을 맞아 처형네와 떠난 부산 해운대 여행은 어느 여름처럼 뜨겁고 활기찼다. 모래사장을 가득 메운 파라솔과 튜브 위에서 즐거워하는 사람들 속에서, 우리는 잠시 일상의 무게를 내려놓고 여유로운 주말을 즐기고 있었다. 경민이 역시 모래놀이에 푹 빠져 있었다. 아이들과 함께 모래놀이를 하고 있는 경민이를 확인하며 안심했다.

"모래놀이가 싫으면 아빠가 있는 쪽으로 오렴."

몇 차례 일러 두었고, 우리 파라솔에서 모래놀이 장소가 잘 보여 별문제 없다고 생각했다. 하지만 5분도 지나지 않아 조카가 달려와 소리쳤다.

"경민이가 없어졌어요!"

순간 심장이 멎는 듯했다.

"어디로 갔어?"

떨리는 목소리로 물었지만 돌아온 대답은 더 불안했다.

"모르겠어요. 물속으로 간 것 같아요."

주변을 둘러봐도 튜브가 보이지 않았고, 가슴이 순간 꽉 조여 왔다. 평소 겁이 없는 경민이라 우리는 아이가 튜브를 타고 바다 쪽으로 나가 버린 것이라고 직감했다. 우리 부부는 정신이 나간 사람처럼 이름을 부르며 바다를 향해 소리쳤다. 목이 터져라 불러도 대답은 없었고, 파도 소리만 무심하게 밀려왔다. 처형네 가족까지 합세해 사방을 뒤졌지만 아이의 흔적은 좀처럼 눈에 띄지 않았다. 급히 해경에 알리려던 순간, 누군가 외쳤다.

"찾았어요. 파라솔에 있어요!"

놀란 마음이 한순간에 진정되자 나는 그대로 모래 위에 주저앉고 말았다. 알고 보니 모래놀이에 흥미를 잃은 경민이가 우리가 있던 파라솔을 기억하고 뒤쪽으로 걸어왔던 것이다. 그러나 모래사장에 줄지어 선 파라솔들이 모두 비슷해 보였던 탓에, 다른 줄에서 한참을 헤매고 있었던 모양이었다. 어느 외국인이 잃어버린 아이로 착각하고 잠시 데리고 있었고, 우리의 소란을 보고 다시 돌려보낸 것이었다. 나는 몰아치던 숨을 거칠게 뱉고는 아들의 엉덩이를 두어 대 때리며 나무랐다.

"말도 없이 어디 갔어?"

경민이는 놀랐지만 울지 않고 담담하게 말했다.

"파라솔을 찾았는데, 아무도 안 보였어요. 그래서 어떤 말 안 통하는 이모가 앉으라고 해서 앉아 있었어요."

그 말을 듣고 경민이를 꼭 안았다. 뜨거운 여름 햇살과 모래사장의 바람 속, 파라솔 아래 우리 가족은 서로 눈물을 글썽이며 걸음을 옮겼다. 아찔했던 순간의 두려움은 천천히 사라지고, 대신 서로를 향한 깊은 안도와 사랑만이 가슴 속을 가득 채웠다. 그날 이후, 우리 부부는 다시금 마음을 다잡았다. 아직 경민이는 아기와 다름없다는 사실, 우리가 지켜 주어야 한다는 사실 그리고 절대로 방심할 수 없다는 사실을 뼈저리게 깨달았다. 평화로운 휴가로 떠난 여행이었지만, 그날의 긴박했던 순간은 부모로서 가져야 할 책임과 경각심을 다시 돌아보게 했다.

그때도 알았더라면

누구나 한 번쯤은 들어 봤을 것이다.

"10년 전에 비트코인 하나만 샀더라면…."

"그때 삼성전자 주식을 샀더라면…."

투자를 하지 못한 것을 아쉬워하며 꺼내는 익숙한 후회의 말들이다. 살아오면서 내가 가장 후회하는 것 중 하나는 투자에 대해 무지했던 것이다. '돈은 모으는 것'이라고 배웠지 '돈이 일하게 하는 법'은 아무도 알려 주지 않았다. 농촌에서 자라신 부모님은 항상 말씀하셨다.

"차곡차곡 저금해라. 땀 흘려 번 돈이 진짜 돈이다."

그 말은 살아오면서 자연스럽게 내 가치관이 되었고, 나는 그 믿음대로 살았다. 하지만 세상은 훨씬 빠르게 변하고 있었고, 돈이 돈을 버는 속도는 사람이 일해서 버는 속도를 훌쩍 뛰어넘고 있었다. 직장 생활을 하던 어느 날 친구의 지인인 투자 매니저가 모임에 나타

났다. 주식 투자 이야기를 꺼내며 자신감에 찬 목소리로 말했다.

"요즘 돈을 어떻게 굴릴지 고민이죠? 은행에 두면 손해예요. 10분만 제 이야기 들어 보세요."

그가 보여 준 것은 아마존 관련 주식과 배당 자료였다.

"이거 보세요. 꾸준히 오르고 배당도 매달 나옵니다. 이건 미래에 대한 '참여'예요."

그 말에 나도 모르게 마음이 흔들렸다. 2년 정도 투자하면 생각하는 금액을 모을 수 있을 것 같아, 직장 생활 동안 모은 돈을 투자했다. 처음에는 배당금이 꼬박꼬박 들어왔고, '이게 바로 불로소득인가?' 싶어 어깨가 으쓱해지기도 했다. 하지만 어느 순간부터 배당이 끊기기 시작하더니 투자금마저 야금야금 사라져 갔다. 투자 매니저는 "마이너스 30%여도 괜찮아요. 현지 사정이 좋지 않으니 조금만 더 기다려 봅시다. 조금만 기다리면 수익이 날 텐데, 손절하기는 아깝잖아요."라며 안심시키는 말을 했다.

실제로 당시 현지 사정을 전하는 기사를 접했기에, 그저 잠시의 문제일 거라 믿었다. 곧 회복될 거라고, 괜히 걱정할 필요 없다고 스스로를 달랬다. 그러나 시간이 지나도 아무런 소식이 없었고, 그 돈이 정말로 돌아오지 않을 수도 있다는 현실이 서서히 피부로 느껴졌다. 추천해 준 매니저에게 연락하며 어떻게든 상황을 풀어 보려 했지만, 서로의 말은 자꾸 엇갈렸다. 결국 투자금의 절반에도 못 미치는 금액을 받고 일을 마무리할 수밖에 없었다. 그 한 번의 상처 이후 나는 투자와 거리를 두게 되었다. 요즘 주식을 조금씩 해 보며 느낀 점은, 누군가 돈을 벌게 해 준다는 말은 믿으면 안 되고, 돈을 대신 벌어 주는 사람은 세상에 없다는 것이다. 투자 추천은 참고만 하고, 결정은 항상 스스로 내려야 한다는 것이다.

그렇게 '역시 세상에 공짜는 없지'라며 스스로를 위안했고, '투자'라는 단어를 내 사전에서 지워 버렸다. 그 후로 경제 공부는 쳐다보지도 않았다. 절차는 복잡했고, 금융 용어는 어렵게만 느껴졌다. 그저 통장에 넣어 두면 안심이 됐을 뿐이다. 하지만 그렇게 '안전하다'고 믿었던 예금은, 결혼할 때가 되니 세상에서 가장 느리고 가장 보수적인 선택이 되어 있었다. 2011년, 두 번째 대학 시절이었다. 나보다 조금 나이가 많은 동기가 다가와 신기한 이야기를 꺼냈다.

"요즘 비트코인이라는 게 있는데, 이게 미래엔 대박 난대."

지금이야 누구나 들어 봤고, 온 세상이 떠들썩하게 다루는 비트코인이지만, 그때는 생전 처음 듣는 단어였다. 신기하고도 낯선 이름, 그저 머릿속에서 한 번 스치고 지나가는 소리일 뿐이었다. 그리고 지금은 한 개 가격이 억대에 달하지만, 그때는 고작 커피 한 잔 값도 안되는 몇천 원에 불과했다. 그 친구가 진지한 표정으로 말했다.

"야, 술 한 번 안 마신다 생각하고 100개만 사 봐."

나는 피식 웃으며 말했다.

"그런 거 사기 아니야? 세상에 공짜 돈이 어디 있어."

그때 옆에서 이야기를 듣던 또 다른 친구는 온라인 축구 게임을 하고 있었다. 그 친구는 고개도 들지 않고 이렇게 말했다.

"비트코인? 그거 가상화폐라며? 그냥 게임 캐시잖아. 난 내 팀부터 강화해야 돼."

그리고 그 친구는 눈 하나 깜짝하지 않은 채, 보란 듯이 그 자리에서 3만 원을 게임 속 팀 강화에 모두 올인해 버렸다. 순식간에 최강 캐릭터가 탄생했고, 우리는 그 장면을 보며 "아… 돈 쓰는 스케일이 다르네." 하고 폭소했다. 그 게임을 하던 친구와 나는 여전히 평범한 일상을 살고 있지만, 그때 비트코인을 처음 권했던 동기는 소문에 따르면, 직장에 다니면서도 일보다 투자에 더 흥미를 느꼈다고 한다. 결국 그는 회사를 그만두고 투자로 꽤 큰 성공을 거두었다고 들었다. 지금쯤 그는 어떤 삶을 살고 있을까.

"야, 그때 100개만 샀어도…."

"3만 원으로 게임에 올인한 거 생각하면, 비트코인에 투자했으면 진짜 구단주가 됐을걸?"

가끔 그때의 이야기를 하며 웃는다. 당시에는 가짜 돈을 사는 것이 상식적이지 않다는 분위기였고, 무슨 적립 포인트처럼 느껴지기도 했다. 아무래도 나도 현실적인 관점에서만 바라본 것 같다. 평소에는 호기심이 많고 모험심이 강하면서도 이쪽에는 호기심이 없었던 것이 후회된다. 하지만 샀다 하더라도 가격이 조금 올랐을 때 대부분 팔았을 것이다. 사람 심리가 어쩔 수 없는 법 아닌가. 우스갯소리지만 사놓고 몇 년간 잊고 지냈더라면 하는 후회가 남는다. 가끔 그가 떠오를 때면 되돌릴 수 없다는 사실을 다시금 깨닫게 된다.

부동산도 마찬가지였다. 내가 살고 있던 지역에 아파트가 미분양되는 상황이 생겼다. 누군가 나에게 말했다.

"진범아, 의성 땅 다 팔고 여기 아파트 몇 채 사 놔라. 3배 이상 오를 거야."

나는 그 말을 한 귀로 듣고 한 귀로 흘려 버렸다. 빚을 내서 무리하게 아파트를 산다는 생각은 도무지 이해되지 않았다. 그땐 빚을 진다는 게 마치 죄를 짓는 것처럼 느껴졌다. '언젠가는 거품이 꺼지겠지. 떨어질 거야.' 그렇게 믿었다. 하지만 떨어질 줄 알았던 우리 지역의 부동산은 급속도로 올랐고, 그 아파트는 세 배가 넘게 올랐다. 반대로, 오를 줄 알았던 예금 이자는 내려갔다. 그때의 금리, 그때의 대출…. 공부하지 않은 무지가 얼마나 큰 대가였는지, 몸으로 뼈저리게 배웠다.

조금만 더 일찍 깨달았다면, 내 인생의 몇 장면은 분명 달라졌을지도 모른다. 하지만 후회만 하기엔 아직 늦지 않았다. 요즘 '시작이 반이다'라는 말을 믿으며, 다시 투자를 공부하며 작은 시도를 하고 있다. 세상엔 기회가 바람처럼 빙빙 돌고 있으니까. 물론 가끔은 겁이 난다. 어쩌면 10년 뒤의 나는, 보이지 않는 무언가를 놓쳤다며 또 후회할지도 모른다. 그래도 이제는 안다. 인생은 결국, 투자를 아는 사람과 모르는 사람 사이의 시간 격차 게임이라는 것을.

준비 운동의 값비싼 대가

2024년 2월, 부서 이동으로 마산회원구청에 발령을 받았다. 근무하던 곳은 운동하기 좋은 환경이었고, 마침 아내도 요일을 정해 필라테스를 시작하던 때라 나 역시 새로운 운동에 도전해 보고 싶었다. 아들이 네 살이 되어 육아에서도 조금씩 숨을 돌릴 수 있던 시기이기도 했다. 그 무렵 새 부서의 한 명이 배드민턴을 수준급으로 치는 후임이었는데, 문득 나에게 함께 쳐 보지 않겠냐고 권했다.

"형님, 제대로 운동 한번 해 보시죠. 배드민턴이 딱입니다."

그 말에 괜히 마음이 동했다. 옷과 라켓, 신발까지 제대로 갖추고 레슨까지 신청했다. 고등학교 시절 몇 년간 테니스를 했던 경험이 있었고, 평소 운동에도 자신이 있었기에 내 마음속 자신감은 하늘을 찌를 듯했다. 강사는 소문난 실력자였다. 레슨은 겨우 10분, 순서를 기다리는 데만 한 시간이 걸렸다. 기다리는 동안 초보들끼리 팀을 나눠 복식 경기를 했다. 기본기는 부족했지만, 어릴 적 누구나 한 번쯤 처 본 배드민턴이라 금세 승부욕이 불타올랐다. 승부욕만큼은 국가대표였다. 그날은 준비운동도 하지 않은 채 코트에 들어섰다. 듀스까지 이어지는 치열한 랠리 속 땀방울은 흘러내리고, 숨은 점점 거칠어졌다. 바로 그때였다.

뒤에서 '퍽', 누군가 둔기로 발뒤꿈치를 세게 때리는 듯한 충격과 함께, '뚝' 하고 끊어지는 소리가 내 귀에 쨍하게 들렸다.

"앗… 아…."

순간 다리에 힘이 빠지며 발을 제대로 지탱할 수 없었다. 발뒤꿈치가 땅에 닿지 않아 절뚝거렸지만, 완전히 걷지 못할 정도는 아니었다. 그날은 집에 돌아가 찜질을 하고 잠을 잤으며, 다음 날 평소와 다름없이 출근했다. 이후 다리가 욱신거렸지만 '근육통이겠지' 싶어 대수롭지 않게 넘겼고 한의원에 다니며 침을 맞으며 일주일을 보냈지만, 차도가 없었다. 그래도 걷는 것이니 뼈에는 이상이 없을 거라는 안일한 생각으로 무리하며 일상을 이어 갔다. 급기야 가족과 함께 거제 리조트 수영장까지 다녀왔는데, 물속에서도 제대로 움직이지 못하는 내 모습을 본 아내는 웃으며 말했다.

"수영장에서 재활한다 생각하고 한 번 더 움직여 봐."

농담 반, 진담 반의 말이었지만, 그 순간에는 누구도 상황의 심각성을 제대로 깨닫지 못했다. 하지만 시간이 지나도 차도가 없자 뭔가 이상하다는 느낌이 들어 결국 큰 병원을 찾았다. MRI 결과는 충격적이었다.

"아킬레스건이 완전히 파열되었습니다. 조금만 더 늦게 오셨다면 아킬레스건이 위로 말려 올라갔을 겁니다."

다음 날 바로 입원했고, 최대한 빠른 일정에 맞춰 수술 날짜를 잡았다. 사태의 심각성을 깨닫자 불안이 몰려왔다. 병원에서는 이것저것 추가 점검을 했고, "하반신 마취로 충분합니다."라는 의사의 말에도 입술은 파르르 떨렸다. 병실 공기는 알 수 없는 공포로 짓눌려 있었고, 하반신 마취를 위한 척추 마취가 시작되자 곧 몸에서 힘이 빠져나가는 듯했다.

떨고 있는 나에게 전신 마취 여부를 묻는 의사의 질문이 있었다. 선택의 여지가 없었던 나는 고개를 끄덕였다. 전신 마취가 시작되면서 의식은 점점 흐려지고, 모든 소리는 멀어졌다. 다행히도 수술은 무사히 끝났지만, 발목이 불편하고 봉합 부위에는 고통이 밀려왔다. 입원 생활은 정말 힘든 시간이었다. 그리고 수술 이후부터 예상치 못한 고통도 시작되었다. 척추 마취의 부작용으로 고개를 조금만 들어도 머리가 찢어질 듯한 두통이 몰려왔다. 누워 있지 않으면 견딜 수 없었고, 누군가 면회를 와도 앉을 수 없을 정도로 힘들었다. 그 고통 속에서 꼬박 일주일을 보내야 했다.

한 달간 직장에 병가를 내야 했고, 2주간의 입원 생활 뒤에는 긴 통원 치료가 이어졌다. 발목은 쉽게 펴지지 않았고, 보조기를 착용한 채 조금씩, 아주 조금씩만 움직일 수 있었다. "다치면 결국 시간이 약이다."라는 말을 들었지만, 그 시간은 결코 짧지 않았다. 운동은 엄두도 내지 못했고, 답답한 기다림만이 이어졌다. 집에서 쉬는 동안 다리가 불편해 가사에 크게 도움 되지 않았고, 목발을 짚고 아이를 등·하원할 때 다른 학부모와 마주치는 일이 참 부끄럽게 느껴졌다.

보조기를 착용한 채 6개월을 보냈고, 보조기를 벗은 뒤에도 재활을 이어 가며 1년이 지나서야 비로소 겨우 일상으로 돌아올 수 있었다. 그날 이후 한 가지를 뼈저리게 깨달았다. '운동 전에 준비 운동만큼은 꼭 챙기자'는 사실을 말이다. 잠깐의 방심과 성급함이 내 삶을 1년 가까이 뒤흔들었고, 가족과 회사 동료에게도 불편과 걱정을 안겨 주었다. 다시는 같은 실수를 반복하지 않으리라 다짐했다. 운동이든 인생이든, 제대로 된 준비 없이는 결코 안전하게 나아갈 수 없다는 사실을 온몸으로 깨달았다.

아들아,

운동을 할 때는 꼭 준비 운동을 하고 천천히 몸을 풀며 시작하거라. 근육과 관절이 충분히 준비되어 있어야 부상을 막을 수 있고, 그만큼 더 오래, 즐겁게 운동할 수 있단다. 그리고 어디가 조금이라도 아프면 스스로 판단하지 말고, 반드시 병원에 가야 한단다. 이건 운동뿐만 아니라 삶에도 적용되는 이야기란다. 준비 없이 성급하게 뛰어드는 일은 때로 큰 어려움과 실수를 부를 수 있단다. 천천히, 그러나 꾸준히 몸과 마음을 준비하며 나아가는 습관이 너를 안전하게 지키고 즐거움을 오래 누리게 해 줄 거란다. 작은 습관 하나가 큰 차이를 만든다는 것을 꼭 기억하렴.

고향 집 마당에서 배운 것들

: 동물들이 알려 준 삶의 온도

난 솔직히 말하면, 동물을 특별히 좋아하지는 않는다. 하지만 마음속 깊이 기억에 남는 동물들이 있다. 시골집이 대부분 그렇듯, 우리 집에서도 개를 키웠다. 도시에서 보는 반려견과는 달랐지만 사랑으로 개들을 돌보았다. 하루 두 번 마음껏 뛰어놀도록 개들을 풀어 주곤 했는데, 그 시간은 아마 개들에게 가장 즐거운 순간이었을 것이다. 요즘 같으면 대형견은 외출 시 반드시 입마개를 착용해야 하고, 개로 인한 사고도 종종 일어나지만, 그때 시골은 비교적 자유로웠다. 다행히 우리 개들은 한 번도 사람에게 해를 끼친 적이 없었다.

그중에서도 유일하게 오래도록 우리와 함께한 개가 있었다. 하얀 진돗개, 이름은 '돼지'. 중학교 시절부터 20대 중반까지 함께한 녀석이다. 돼지는 손과 발을 주거나 앉기 같은 기본 명령은 물론, "차에 타라." 하면 1톤 트럭도 거뜬히 올라탈 정도로 똑똑하고 민첩했다. 한 번은 닭을 물어 죽인 적이 있었는데, 아버지께 크게 혼난 뒤로는 닭이 자기 몸 위에 올라타도 가만히 있을 만큼 주인이 싫어하는 행동은 절대 하지 않았다. 또 과수원에 데리고 가면, 우리 밭을 헤집어 놓은 산짐승에게 복수라도 하듯 고라니를 몰아 잡아 오는 일도 있었다. 나 역시 돼지를 특별히 좋아했고, 성인이 되어 고향 집을 찾을 때마다 단골 족발집에서 뼈를 한가득 얻어와 주는 등 남다른 애정을 보였다. 내 친구 필규, '동물 박사'조차 우리 집 개를 보고 "정말 멋지고 영리하다"고 감탄할 정도였다.

2010년 설날은 아직도 잊을 수 없는 날이다. 일주일 동안 돌아오지 않았던 돼지가 마침내 집으로 돌아온 날이었기 때문이다. 모두 이미 사고가 나 죽었거나 사람 손을 탔을 거라 생각했지만, 돼지는 온몸에 피가 잔뜩 묻은 채 마당까지 걸어와 꼬리를 흔들며 풀썩 쓰러졌다. 마치 "내가 살아 돌아왔어!"라고 말하는 듯했다. 돼지의 허리에는 전기톱 체인으로 만든 덫이 걸려 있었고, 그 모습은 눈 뜨고 보기조차 힘들 만큼 처참했다. 온몸에는 진드기가 들러붙었으며, 덫에 걸린 허리에는 뼈가 드러날 정도로 깊은 상처가 있었다. 아픈 부위를 만져도 울음 한번 없이 온몸을 주인에게 맡기는 모습이 너무 안쓰러웠다. 돼지는 나무에 고정되어 있던 줄을 이빨로 끊고 탈출한 듯 보였다. 이후 동물병원에서 치료를 받고 정성껏 돌본 덕분에, 돼지는 회복 후 주인에 대한 충성심을 더욱 보여 주었다.

나중에 아버지가 확인한 바에 따르면, 돼지가 사투를 벌였던 야산에는 누군가 설치한 동물 덫이 여러 개 있었고, 돼지는 그 덫을 끊기 위해 나무에 걸린 덫을 이빨로 물고 빙빙 돌며 결국 나무까지 끊어버린 것이었다. 그 후 돼지는 몇 년을 더 살다가 죽음을 맞이했다. 옛말처럼, 주인이 슬퍼할까 봐 마지막을 혼자 선택한 것일까. 과수원

자두나무 아래에서 숨을 거둔 그 모습에 가끔씩 마음이 뭉클해진다. 그 이후 고향 집에서는 몇 마리의 개를 더 키웠고, 지금도 여전히 개를 키우고 있지만, 예전처럼 정이 크게 붙지는 않는다. 개를 키우면서 한 가지를 배웠다. 생명은 단순히 길들이거나 소유하는 것이 아니라 서로 함께 지내며 알아 가는 존재라는 사실이다. 개는 주인을 배신하지 않으며, 그 믿음과 충성심은 내가 어떻게 살아야 하는지를 가르쳐 준다.

동물을 키우면서 모성애도 배우게 되었다. 우리 집에서 키운 소는 송아지를 팔면 어미가 며칠 동안 울고 반대로, 어미를 팔면 송아지가 며칠 동안 울었다. 그때는 밤낮으로 우는 소리가 시끄럽기만 했고 왜 그렇게 우는지 이해할 수 없었지만, 지금 아이를 키우면서 그때 느꼈던 동물의 모성애를 새삼 깨닫게 되었다. 또 한 번은 닭이 자기 알을 착각했는지 어미 두 마리가 동시에 알을 품게 된 적이 있었다. 알에서 깨어난 병아리를 서로 자기 자식처럼 데리고 다니는 모습은 신기하면서도 감동적이었다. 평소에는 닭장에 들어가면 나를 피하던 닭이 새끼를 품고 있을 때면 용기를 내어 손을 쪼며 경계하는 모습을 보면서 모성애의 위대함을 다시금 느낄 수 있었다.

독특한 경험도 있었다. 아버지가 과수원 일을 하다 멧돼지 새끼를 데려온 것이다. 어미를 잃고 발을 심하게 다친 멧돼지였다. 어린 시절 산짐승이 집으로 들어오는 모습이 신기하게만 느껴졌다. 집으로 데려와 사료와 음식을 주며, 닭장에서 정성껏 키웠다. 하지만 집에서 키우는 것은 불법이기도 하고, 마냥 산짐승을 집에서 돌볼 수도 없는 노릇이었기에 결국 산으로 돌려보냈다. 그러나 멧돼지는 다시 돌아오곤 했다. 다리가 불편한 돼지였기에, 아버지는 매정하게 쫓지 못하고 산속 과수원 농막에 남은 음식을 가져다 두며 살폈다. 그 멧돼지는 아버지가 오면 반갑다는 듯 머리를 들이밀며 애교를 부렸고, 등에 올라타도 가만히 있었다. "이리 오너라." 하면 마치 개처럼 어슬렁어슬렁 걸어와 먹이를 받았고, 마치 고맙다는 듯 행동했다. 그 모습을 보고 있으면 무섭다기보다 신기하다는 생각이 들었다.

시간이 지나면서 멧돼지는 뿔이 나고 덩치가 커지며 힘도 세져, 이전처럼 쉽게 다룰 수 없었다. 아버지에게는 여전히 애교를 부리곤 했지만, 혹시라도 동네 사람들이 다치기라도 하면 감당할 수 없었다. 안타까웠지만 더 이상 먹이를 주지 않고 위협감을 주어 산으로 영영 쫓아냈다. 그러나 겨울이 되면 먹이가 부족해 농막으로 내려와 음식을 달라는 듯 땅을 파헤치거나 잠시 쉬다 가기도 했다. 이후에는 혹시 모를 사고에 대비해 아버지가 망치를 가지고 포획 조치를 취할 수밖에 없었지만, 멧돼지는 누구에게도 해를 끼친 적이 없었다.

이 멧돼지에게서 배운 교훈은 명확하다. 본래 인간과 융화되기 어려운 산짐승도 꾸준한 관심을 가지고 대하면 서로 이해하고 교감할 수 있다. 강제로 길들이거나 통제하는 것이 아니라, 사랑으로 다가갈 때 진정한 공존이 가능하다는 것을 배웠다. 지금은 아파트에서 살고 있어 예전처럼 큰 동물을 키울 수는 없다. 특별히 뭔가를 기르는 취미도 없고, 한때 금붕어를 키워 보았지만 제대로 관리하지 못해 일찍 죽고 말았다. 그것도 분명 생명이었기에 마음이 편치 않았다. 그런데 작년부터 아들이 햄스터를 사 달라고 졸라 어쩔 수 없이 키우게 되었다. 사실 나는 쥐를 가장 싫어했지만, 아들을 위해 마음을 굳게 먹고 사 주었고, 조금씩 적응하게 되었다. 이제는 직접 손으로 쓰다듬을 만큼 귀여움을 느끼게 되었다. 햄스터 집을 청소하며

먹이를 주고 정성껏 돌보는 재미도 쏠쏠하다. 햄스터의 볼이 빵빵하
게 살이 오른 모습을 볼 때마다, 작은 생명에도 관심과 정성이 필요
하다는 것을 다시 한번 깨닫는다.

이렇게 작은 햄스터를 키우면서도 아이에게 생명의 소중함을 가
르칠 수 있다는 점에서, 나에게도 큰 의미가 된다. 고향 집 마당에
서 동물들과 보낸 시간, 그 속에서 배우고 느낀 모성애와 충성심 그
리고 생명에 대한 배려는 여전히 내 삶의 온도를 높여 준다. 한 번씩
문득 고향 집에서 키운 동물들의 모습이 생각난다. 그때의 배움과
감동이 마음속에서 따뜻하게 살아 숨 쉰다.

'믿는다', '자랑스럽다', '사랑한다'

'믿는다', '자랑스럽다', '사랑한다'. 어릴 적부터 부모님은 나에게 이 세 마디를 자주 건네주셨다. 그 말씀은 큰 힘이 되는 응원이자 내가 세상을 바라보는 기준이 되어 주었다. 어려운 순간에도 이 세 마디는 나를 붙잡아 주는 든든한 버팀목이었다. 학창 시절, 친구들과 논다고 공부에 소홀하고 밤늦게 귀가하는 일이 종종 있었다. 그럴 때마다 부모님은 "우리 아들, 믿는다. 할 일만 잘하고 다녀라."라는 짧은 말로 나를 붙잡아 주셨다. 그 한마디가 마음에 남아 나쁜 길로 빠지지 않았고, 매 순간 선택 앞에서 신중할 수 있었다.

또 중학교 시절, 키가 작아 속으로 스트레스를 많이 받곤 했다. 하지만 아버지는 "고등학교 가면 클 거다. 난 군대 가서도 컸다. 내 말 믿어라."라며 나를 또 다른 믿음으로 안심시켜 주셨다. 그 당시, 키 작은 주위 친구들의 부모님이 걱정하며 아이에게 보약을 챙길 때도 아버지는 고개를 저으며 대수롭지 않게 넘기셨다. 그 담담한 믿음이 오히려 나에게 더 큰 위로가 되었다. 현재 나는 그때 보약을 먹었던 친구들보다 한 뼘쯤 더 큰 사람이 되었다.

'자랑스럽다'라는 말은 그중에서도 가장 많이 들었던 기억이 난다. 살면서 부모님께 자랑거리를 많이 만들어 드리지 못했지만, 작게나마 무언가를 이루었을 때면 아낌없이 칭찬해 주셨던 기억이 난다. 그 따뜻한 인정과 격려가 나로 하여금 더 열심히 노력하게 만들었던 것도 사실이다.

아버지는 어릴 적 농사일이나 그날그날의 일을 자주 기록하셨다. 훗날 우연히 아버지의 일기장을 본 적이 있는데, 그 안에서 잊지 못할 한 구절을 발견했다. 내가 운동회에서 달리기와 씨름 모두 3등을 하고 속상해했던 날, 아버지의 일기에는 이렇게 적혀 있었다.

> '아들의 운동회. 오래달리기 3등, 씨름 3등. 지지 않으려고 끝까
> 지 힘을 다하는 모습 참 자랑스럽다.'

내가 하찮게 여겼던 성적마저 아버지에게는 자랑의 이유였음을 깨달았을 때, 마음이 뭉클했다. 아버지의 작은 메모 습관을 보며 자라서였을까. 나 또한 틈날 때마다 일기를 쓰곤 한다.

고등학교 3학년 시절, 연예인이 되겠다고 했을 때도 상황은 마찬가지였다. 미래가 불확실한 길이라 분명 속으로는 걱정이 많으셨을 텐데, 부모님은 오히려 이렇게 말씀하시며 나를 격려해 주셨다.

"믿는다. 한번 하고 싶은 건 제대로 해 보고 와라."

그리고 내 꿈을 은근히 자랑스러워하시며 주위 사람들에게도 말씀하셨다.

"아들이 연예인이 되고 싶단다. 걱정도 되지만, 내심 자랑스럽다."

그 이후로도 나를 향한 믿음과 격려는 끊이지 않았다. 누나에 비해 방향을 잡지 못하고 방황하던 시절에도 부모님의 믿음과 격려는 내 마음을 지탱해 준 힘이 되어 주었다.

아버지는 편지를 자주 쓰셨다. 경상도 특유의 무뚝뚝함 때문에 "사랑한다"는 말을 직접 하지 못했지만, 편지 속에는 항상 그 말이 담겨 있었다. 특별한 일이 없어도 성적이 뛰어나지 않아도 평범한 날들 속에서 아버지는 글로 '사랑한다'는 메시지를 전해 주셨다. 군대 시절에도 아버지의 편지는 곁에 있었다. 훈련병 때부터 말년 병장이 될 때까지, 다른 이들의 편지는 하나둘 끊기고 답장을 하지 않아도 아버지의 편지만은 계속 도착했다. 편지의 끝에는 어김없이 '사랑한다'는 말이 적혀 있었다.

군 생활 속에서 그 한마디는 큰 위안이 되었다. 전우들은 아버지의 편지를 보며 부러워하곤 했다. 그럴 때마다 그제야 깨달았다. 아버지의 사랑은 조건이 없고, 멈춤이 없으며, 언제나 내 곁을 지키고 있다는 것을. 그 세 마디는 내게 방패이자 날개가 되어 세상의 상처를 막아 주고. 더 높이 날아오르게 해 주었다. 세월이 흘러 나도 아들을 키우는 부모가 되었다. 문득문득 부모님의 목소리가 들려온다. '믿는다' 하시던 그 눈빛, 작은 성취에도 '자랑스럽다'며 지으시던 미소 그리고 편지로 남겨 주셨던 '사랑한다'는 따뜻한 말. 그 모든 것이 지금의 나를 만들었다는 것을 안다. 그래서 다짐한다. 앞으로 내 아들에게도 그 말을 가장 많이 해 주리라.

"널 믿어. 정말 자랑스러워. 많이 사랑한단다."

이 세 마디는 화려한 선물보다 더 큰 힘을 주는 말이라는 것을 누구보다 잘 알고 있다. 사람이 살아가며 가장 큰 힘을 얻는 순간은 누군가 자신을 믿어 주고, 인정해 주고, 사랑해 줄 때다. 그 힘을 부모님께 받았고, 이제는 내 아들의 마음에 다시 전해 줄 차례다. 부모님이 그러셨듯, 나도 내 아들에게 튼튼한 방패와 힘찬 날개를 달아 주고 싶다.

겨울 바다

노선도 확인하지 않은 채
무작정 시내버스에 몸을 실었다.
빙글빙글 도시를 돌던 버스가
겨울 바다에 나를 내려놓았다.

차가운 모래 위로
갈매기 그림자가 스치고
파도는 오래된 사연처럼
잔잔히 밀려왔다.

작은 횟집에 앉아
회 한 점에 찬 소주를 들이켜자
사장님이 넉살 좋게 웃으며 묻는다.
"젊은 친구가 무슨 걱정이 그리 많아?"

그녀를 잊으러 왔다고
말할까 망설이다
대답 대신 소주만 또 한 잔 삼켰다.

바다는 묻지도 따지지도 않고
묵묵히 파도만 부딪쳐 왔다.

겨울 바다는 차갑고,
이별은 그보다 더 차가운 법.
오지 말걸,
잊으려 했건만
그리움이 파도처럼 나를 덮쳤다.

나의 무수한 선택이 너를 만났다

: 아들에게 쓰는 편지

아들아, 벌써 여섯 살이 되었구나. 아기였을 때 모습이 아직도 눈에 선한데 어느새 씩씩하게 뛰어다니고, 말도 잘하는 너를 보니 참 대견하구나. 요즘 매일 아침 스스로 준비하고, 친구들과 즐겁게 놀며, 선생님 말씀도 잘 듣는 모습을 보는 게 큰 기쁨이자 감사한 선물이란다.

아빠는 살아오면서 수없이 많은 선택을 해 왔단다. 어떤 길은 힘들었고, 또 어떤 길은 아쉬움도 남았지. 하지만 그 모든 선택이 모여 지금의 나를 만들었고, 그 여정 속에서 너를 만나게 되었단다. 앞으로 어떤 인생이 펼쳐질지는 알 수 없지만, 요즘 정말 행복하단다. 아빠의 삶에서 가장 빛나는 순간은 언제일까. 아빠는 주저 없이, 지금 이 순간 너와 함께하는 시간이라고 말하고 싶다.

예전에 너와 함께 고향 집에 다녀오는 길이었다. 차 안에서 아빠가 말했지.

"경민아, 아직 갈 길이 멀다. 한숨 자고 일어나거라."

그러자 너는 고개를 저으며 대답하더구나.

"눈을 감으면 아빠를 볼 수 없어서 안 자고 싶어요."

그 순간 아빠의 가슴은 벅차올랐다. '행복이란 게 바로 이런 거구나' 싶었고, '살면서 누군가가 나를 이렇게까지 좋아해 준 적이 있었나' 하는 생각에 눈물이 날 만큼 고마웠단다. 동시에 '부모님도 이런 마음이었겠구나' 하는 깨달음도 함께 왔단다.

가끔 아빠는 떠올려 본다.

만약 끝까지 연예인의 꿈을 좇았다면?

군대에서 단 10초의 망설임 끝에 조교를 선택했더라면?

천안에서의 땜빵 근무를 나가지 않았다면?

소방공무원 시험에 끝까지 매달렸다면?

그리고 무엇보다 그날 팀장님의 전화를 받지 않았다면… 엄마와의 만남도, 너와의 오늘도 없었겠지.

사랑하는 아들, 경민아, 엉성하고 부족할지라도, 이 책 속 장면마다 담긴 아빠의 조언과 마음을 너에게 전하고 싶다. 그 안에는 아빠가 걸어온 길에서 마주한 수많은 순간들이 녹아 있단다. 때로는 눈물이 날 만큼 슬펐고, 때로는 마음이 즐거움으로 가득 차 멈추지 않을 만큼 행복했지. 무엇보다 강하게 남아 잊히지 않는 기억들이 있어. 그리고 그 기억 속 크고 작은 선택들이 모여 결국 이렇게 한 권의 책으로 엮일 수 있었단다.

앞으로, 경민아, 어떤 선택을 하든 스스로 만족하며 당당히 걸어가길 바라며, 그 길 위에 좋은 사람들이 곁에 있어 주기를 소망한다. 길이 험하고 힘들더라도 너의 발걸음 하나하나가 결국 너만의 길을 만들어 줄 거란다. 아빠는 언제나 그 길을 지켜보며 네가 흔들리지 않도록 응원할 거야. 언젠가 네가 스스로의 선택을 돌아볼 때, 어떤 순간도 후회가 아닌 자부심으로 미소 지을 수 있기를 바라며, 그 마음을 담아, 나의 모든 선택이 결국 너를 만나기 위한 길이었다는 이야기를 이 책으로 전한다.

2026년 3월, 아빠가.

에필로그

내년이면 내 나이 마흔이 된다. 마흔을 앞둔 지금, 꼭 해 보고 싶었던 일 중 하나가 책을 내는 것이었다. 특별히 남보다 뛰어난 점이 없는 평범한 삶이었지만, 모든 인생이 그러하듯 나 역시 수많은 선택의 순간들을 지나왔고, 그 작은 갈림길들이 모여 지금의 나를 이루었다. 살아 보니 인생은 결국 선택의 연속이었다. 누군가 세상의 절반은 슬픔이라고 했는데, 그 말이 참 옳았다. 지나고 보니 내 삶에서 가장 기뻤던 순간들과 가장 슬펐던 시간들은 늘 같은 무게로 기억 속에 자리하고 있다.

그런 기쁨과 슬픔도 결국 매일 우리가 내리는 작은 선택들에서 비롯된다. 그렇게 하루하루의 선택들이 모여 결국 오늘의 나를 만든다. 이 에세이에는 바로 그런 일상의 선택들과 그 선택 속에서 마주한, 잊지 못할 풍경들이 함께 담겨 있다. 작은 순간들이 쌓여 만들어 낸 삶의 풍경과 그 안에서 느낀 감정들을 이 글을 통해 나누고 싶다. 이 책은 지금까지 살아온 내 삶의 수많은 순간 중, 특히 마음에 깊이 남아 있는 장면들을 엮은 에세이집이다. 어릴 적부터 부모님은 메모와 일기 쓰기의 소중함을 천천히 그리고 꾸준히 가르쳐 주셨다. 그렇게 쌓인 기록을 따라 글을 쓰며 떠올린 기억들은 나를 웃게도 하고, 울게도 했으며, 앞으로 더 성실하게 살아갈 힘이 되어 주었다.

내 삶을 지탱하고 매일을 특별하게 만들어 주는 가족, 사랑하는 아내 수아와 토끼 같은 아들 경민 그리고 문학적 기질을 물려주시고 나보다 나를 더 아껴 주시는 부모님께 깊은 감사를 드린다.

책이 나오기 전까지 수많은 퇴고와 조언을 아끼지 않은 친누나 오명진에게도 고마움을 전한다. 철없던 시절을 함께 보냈던 경북 의성의 친구들, 매년 잊지 못할 추억을 선물해 주는 '맹호인의 밤' 전우들, 한때 연예인을 꿈꾸었고 현재 각자의 길에서 빛을 내고 있는 대학 동기들, 일을 하면서도 글을 쓸 수 있음을 몸소 보여 주신 정도규 과장님께도 감사드린다. 내 삶에 아름다운 장면을 더해 준 모든 인연들에게 마음 깊이 고마움을 전한다. 또한 글쓰기의 길에서 귀한 조언과 힘이 되어 주신 아버지의 벗, 권대순 작가님께도 특별한 감사를 전한다. 앞으로도 끊임없이 글쓰기에 매진하여, 내 이름으로 된 책들을 계속 세상에 내놓고 싶다. 이 모든 순간과 사람들 덕분에 이 책을 세상에 내놓을 수 있었다. 부디 이 글이 누군가의 마음에 작은 울림으로 남기를 소망한다.

P.S.

이 책을 쓰고 있는 지금도 나는 또 하나의 선택 앞에 서 있다.
새로운 시작을 위해 이사를 갈지, 아니면 지금의 자리에 조금
더 머물러야 할지 여전히 고민 중이다. 살아 보니 이사 문제 역
시 결코 가볍지 않다. 인생은 여전히 선택의 연속이고, 나 역시
오늘도 그 갈림길 위에서 다음 걸음을 고민하며 살아가고 있다.

P.S.

이 책을 쓰고 있는 지금도 나는 또 하나의 선택 앞에 서 있다.
새로운 시작을 위해 이사를 갈지, 아니면 지금의 자리에 조금